UnRead
–
艺术家

Barbara la
667

心碎博物馆

［克罗地亚］奥林卡·维斯蒂卡（Olinka Vištica）
［克罗地亚］德拉任·格鲁比希奇（Dražen Grubišić）著
王绍祥 译

北京联合出版公司
Beijing United Publishing Co.,Ltd.

献给每一个曾经看见爱的火花
昙花一现又转瞬即逝的人

Introduction

引言

奥林卡 · 维斯蒂卡

我依然记得十多年前那个炎热夏季里的点点滴滴。就在那个夏日，爱渐渐被痛苦所取代。在一栋看似已经一分为二的房子里，我们默不作声地坐在餐桌旁，努力纾解内心的失落。我们沉默着，不得不承认爱已经结束了。我们轻轻地说着话，生怕撕开那道新伤口上的绷带。环顾这座房子，四年来的点点滴滴清晰可见。布满灰尘的电脑里满是昔日欢乐时光的照片，书里满是相互之间的赠言和未能兑现的诺言，录像机见证了数字时代来临之前多少个相偎相依的夜晚，甚至我们面前的餐桌也饱含深意和记忆，但这一切都随着支离破碎的情感而渐渐淡去。

在一段感情逝去之后，我们面对那些不堪一击的情感瓦砾又能做些什么呢？如果你把“分手”二字输入任何一个搜索引擎，你一下子就会找到一系列自助疗法，它们会帮助你迅速而有效地卸下情感负担。自诩为专家的人们会告诉我们如何才能把残留的、褪色的爱无情地荡涤殆尽，如何无情地将一次次的失恋抛诸脑后，如何放下我们内心的痛苦和挣扎。图书馆和虚拟空间里充斥着各种各样关于“如何忘却失去的爱”的建议，但是，完全抹去一段记忆是否真的是唯一的出路呢？

在环绕四周的爱情废墟中，我找到了一个看似微不足道的物件，它不可思议地把那些记忆的碎片再次黏合在一起。我和德拉任曾经把那个发条玩具称作“我们的小兔子”，因为我们经常出门旅行，所以永远都不可能养宠物，而且他还对猫毛过敏。现在这个象征着我们稍纵即逝的感情的旧玩具似乎给出了一个答案。每当我拖着疲惫的身躯回到家中，看到门口那个毛茸茸的东西正在大步绕着圈子时，总会笑逐颜开。它成了后续项目的第一块基石，以某种神奇的力量，仍然把我们紧紧地联系在一起。我们有了一个简单的念头——要找一个地方，把所有逝去的、痛苦的爱情记忆封存起来，为这些回忆和纪念打造一个保险柜。瓜分财产或者一怒之下，把曾经属于同一个家的东西砸个稀烂，凡此种种只会把我们曾经亲密无间、千金难买的记忆毁得一干二净。我们还有更好且更富有诗意的解决方案，我们决定创办“心碎博物馆”。

我们创建的这个博物馆第一次与公众见面是在 2006 年，那时它只是地方艺术节上的参展作品——一个船运集装箱成了四十件爱情残骸的港湾。展品要么来自我们的好友，要么是陌生人的捐赠，我们以匿名的方式展出，唯一的文字介绍就是展品主人们的个人故事。曾经只是对两个人有意义的故事一下子激起了观众的共鸣，纯粹是陌生人的观众在看到这些展品时却一样真真切切地感到心痛。此后不久，我们又应邀在柏林、旧金山、卢布尔雅那和新加坡等地展出。我们发现自己一头闯进了记忆的小巷，开启了一段段惊喜连连的旅程，前方的道路一眼望不到头，我们也不知道目的地会在哪里。

我俩的分手像滚雪球一样，很快就成了我们所创造出来的最有意义的东西，来自世界各地的越来越多的分手纪念品，这些看似毫无价值的小玩意儿，每一个都是见证一段感情走向结束的无价之宝。从那以后的很多年，我忘了我们亲手拆开了多少盖着欧洲、印度、中国、澳大利亚或美国等地邮戳的包裹。此时此刻，在世界各地仍然有许许多多跟我们素不相识的人正在把数以千计的物品包好，小心翼翼地放进防震信封里。我们可能永远没有机会和他们握手，对他们表示感谢，没有机会和他们打一声招呼，没有机会和他们说一声“谢谢”！虽然我们在二十个国家举办过四十几场令人叹为观止的展览，甚至在萨格勒布和洛杉矶两地建立了博物馆，但当一些素不相识的、有故事的人，他们或离我们很近，或来自异国他乡，在选择和自己所爱的人说“再见”之

后，放逐了他们的纪念品，把它们送到一个安全的地方供公众来叹惋时，我们仍然会感到困惑。

无论他们是出于何种原因把属于个人的东西捐献了出来——无论是因为疗伤的需要，还是纯粹想把它公之于众，或是要永远纪念一段逝去的恋情——将其当成一种仪式，当成一种庄严的庆典，把情感遗产展示出来，这种做法受到了很多人的热烈欢迎。婚丧仪式甚至毕业典礼都得到了社会大众的认可，但是，在一段感情结束之后，我们却被剥夺了以任何一种庄严的方式来纪念的机会。尽管失去所爱可能会影响我们的生活，但也会给我们以新生。所以，把爱的纪念品寄给心碎博物馆甚至成了失恋的人的一种情绪宣泄的仪式，成了一个人在面对失去时的终极行为。捐献者向我们讲述他们的故事，希望他们关于亲密过往的告白会让来博物馆参观的人们产生共鸣。但是他们可能没想到他们的故事也会给观众带来慰藉。这些有故事的普通物件在公开场合展出后，让互不相识的人们在那一刻有了精神上的紧密联系，这种感觉就像是魔法一样。对！它就是魔法！

经常有人问我们，把东西捐献给博物馆对于捐献者和参观者而言是否都是一种治疗？尽管我们确实见过有人出乎意料地从其他人的经历中看

到了自己的影子，也从他人的悲伤中找到了慰藉，但是，“治疗”这个词并不恰当，因为这个词暗含着“疾病”这层意思，暗示着我们好像生病了，需要治疗——只要对症下药，就能药到病除。

我们生活在这样一个时代，原本人与人的邂逅那么重要，那么复杂而奇妙，却简化成了脸书上公之于众的“状态”。我们公开展示自己那些或微笑，或满足，或乐观无比的照片——似乎我们每个人都在想方设法说服自己这才是最真实的自我。相反，孤独似乎与社交媒体格格不入，你很难找到它的踪影。孤独的价值非常复杂，我们万万不能以“点赞”数量的多寡论之。在我们的生命历程中，我们经历过撕心裂肺之痛，然而，在公开言论中，人们却绝口不提那种忧郁之美，正如修图工具把我们的眼袋和皱纹一并抹去了一样。这未免有失公允吧？我们所面对的生活图景就像是修过的微笑自拍一样，别无其他了。

本书展现的每一件物品完全没有经过任何修饰。既有平淡无奇的，也有荒诞怪异的，它们展现了过去一百年里世界各地的人们真实生活的瞬间，也反映了它们所处时代的政治、伦理和社会问题。无论这些故事的主角是曾在餐厅瓷砖地板上扭打成一团，还是在战火纷飞的阿富汗沙漠里战斗过，他们的故事无一不让我们痴迷。这些展品之所以能够牢牢地抓住我们的心，恰恰是因为它们不事雕琢，恰恰是因为它们曾经的主人有勇气、够坦诚，愿意为我们探索相恋和失恋的奇妙提供一种视角。这些包罗万象而且往往要言不烦的叙述引领我们走进了一个千姿百态的情感世界，既有颇具讽刺意味的幽默，也有深深的悲伤。它们让我们重新认识了自己，也带给了我们启迪，同时提醒我们要珍惜那些彼此真心相爱的时光，哪怕它们是那么短暂，哪怕它们已经变得遥不可及。

尽管“心碎博物馆”这个名字容易让人想到失恋的落寞，但它同样充满着生机、渴望和希冀，是对不屈不挠的人类精神的献礼——我们随时都准备着要给爱一次全新的机会。

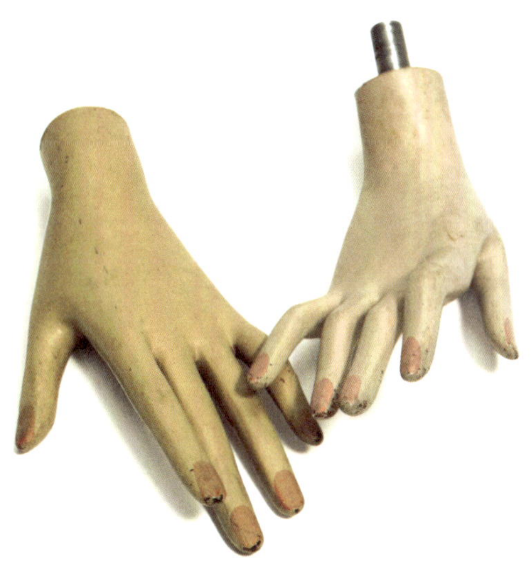

Wedding dress in a jar

瓶中婚纱

七年 | 美国，加利福尼亚州，旧金山

我们在一起了七年，婚姻存续了五年。结婚时，我们没有大操大办。我们生活在一座小岛上，就在海边的沙滩上举行了一场简简单单的婚礼。当时，我穿的是一条真丝裙，裙子上绣满了蝴蝶和鲜花。我心想，有朝一日，我还要穿上这条裙子，然而始终未能如愿。时至今日，他已经离开一年了，我真的不知道应该如何处理这件婚纱。把具有仪式感的东西扔进垃圾堆里，我心里会很不痛快。而且，一想到某个懵懂无知的人穿着一条代表着我破碎之梦的裙子晃来晃去，我心里就更不痛快了。于是，我把这条裙子塞进了这个瓶子里，一来我喜欢回收利用旧东西，二来裙子装在里面真的很好看。如果把它孤零零地挂在衣架上，看了难免会令人黯然神伤，但放在瓶子里就好多了。而且，我敢肯定，其中或许还蕴含着某种深意。

Baseball and postcard with American flag

棒球和美国星条旗明信片

2010 年 4 月 15 日至 2012 年新年前夕 | 美国，康涅狄格州，肯特市

我在书上看到“物质是空的”，这真是令人难以置信、匪夷所思。如果你可以将世界上每一个原子中原子核和电子之间的所有空间都消除的话，那么经过压缩的物质只有一个棒球大小。我的前男友喜欢运动，我和他说起这个观点之后，他给了我一个棒球，让我将其用于围绕这个概念策划的艺术项目之中。我曾在短短四年的时间里，先后失去了丈夫和儿子，那之后我一直竭力地去理解这个世界。后来我认识了前男友，他妻子刚刚过世，我以为他能够理解什么是丧亲之痛，但是后来我发现他居然和他同事的老婆有一腿。当时我恨不得拿起棒球棍揍他一顿，让他长点儿记性。

Handmade calendar

手工日历

三年 | 斯洛文尼亚，卢布尔雅那

在我们交往之初，我的前女友在做爱时把我贴在墙上的所有海报都扯了下来。这实在让我难以接受。这本手工日历或许是她尝试做出的一点儿补偿吧。

A can of love incense

一罐情爱迷香

1994 年 | 美国，印第安纳州，布卢明顿

没有效果。

Feather sent in the mail

随信附上的羽毛

2009 年 9 月至 2013 年 3 月 | 澳大利亚，奥兰芝

我的伴侣和我基本也算同城恋吧，但是我们之间的距离开车得一个半小时，所以一般只能在周末见面。在我们刚相恋时，为了排解相思之苦，弥补不能常常见面的遗憾，我们经常鸿雁传书。奥兰芝的邮政系统很发达，我们寄给对方的包裹也变得越来越复杂了。他很有创意，而且比我胆大。我最喜欢的包裹是他寄来的石头和羽毛。石头一侧写着“我爱你”，另一侧写着我的地址，贴着邮票。这块石头居然真的通过邮政系统寄到了我手中，我们都因此而惊喜不已。接着他又试着给我寄羽毛。羽毛寄到我手中时几乎完好无损。我们经常在想，澳大利亚的邮政工作人员在处理我们的邮件时心里是怎么想的呢？这让我们得到了许多快乐。

Brazilian banknote

巴西纸币

2009 年至 2013 年 | 英国，伦敦

我们是在苏格兰认识的。他找我搭讪，但我觉得挺尴尬的。他给我留了电子邮件地址，写在一张巴西纸币上，说自己没有名片。我知道他纯粹是为了装酷而已。之后我就把他抛到九霄云外去了。没想到，后来他来了南方，说是来看朋友。我觉得他挺可怜的，再后来我们结了婚。他拿走了很多属于我的纸币，很多很多……

Love-letter piñata

情书皮纳塔

1998 年 9 月至 2001 年 1 月 | 美国，纽约州，纽约市；加利福尼亚州，洛杉矶

我和一个演员兼音乐家谈了两年半异地恋。他从来没有当众牵过我的手。我们的性生活至今无与伦比，虽然他那玩意儿很小。我们分手几年后，我用他写给我的所有情书做了一个皮纳塔。我知道这很老土，但是当时流行做这个。2007 年之后，它就一直挂在我孩子的房间里。我现在的丈夫每次给这个皮纳塔掸灰的时候都会翻白眼。

Bob Dylan Tarantula book

鲍勃·迪伦的著作《塔兰图拉》

两年 | 英国，斯利福德

这是我 17 岁那年，我的美国“男朋友”给我的礼物，上面写着“献给 [ ]，她能驯服最狂野的狼”。想不到后来的好多年他一直在骚扰我的父母，最后还变了性，而且盗用了我父母的姓氏来伪装身份。

Child's pedal car

儿童脚踏小车

2008 年 12 月 14 日至 2011 年 1 月 9 日 | 捷克，布拉格

我过了将近四十年才明白“爱”这个字的含义。不幸的是，我和她的情感过于激烈，所以我们从一个极端走向了另一个极端。相爱的时候，我们对彼此毫无保留；争吵的时候，我们要吵到两个人都伤痕累累才肯善罢甘休。因为她，我生平第一次爬上了树，而那个时候，我的孩子们都已经会爬树了。我们会帮助对方实现梦想，从中得到乐趣，每一个梦想的实现对于我们彼此而言都是莫大的快乐。

她知道孩提时代的我一直渴望拥有一辆脚踏小车，但是，这个愿望从未实现过。到了四十多岁，我才拥有人生第一辆脚踏小车——那是她和妹妹一道散步时，在垃圾桶边上看到的。她们把小车带回了公寓，放在浴缸里洗得干干净净，用小花把车子装点得漂漂亮亮，并写上了我的名字和她们的绰号，以及当天的日期。这辆小车是我们爱的见证。它证明了两个人相爱的时候，任何美梦都是可以成真的。

Stiletto shoe

细高跟鞋

1959 年、1966 年（六周）和 1998 年（几个小时） | 荷兰，阿姆斯特丹

1959 年，我 10 岁，T.11 岁，我们深爱着对方。我告诉妈妈我们一起去运河裸泳了，于是被她扇了几记耳光，接下来的假期时光我只能和姨妈一起度过了。

1966 年，我 15 岁，T.16 岁，我和他度过了一段更加美好的时光。后来，他随父母去了德国。分别时，我们泪流满面，并许下了诺言。我们保证每周给对方写一封信，他发誓非我不娶，我也发誓非他不嫁。

1998 年，我决定不再做站街女了，但是我想写一本关于 S&M（性虐待）的书，所以，我为一名“S&M 女王”工作了几周。工作的第二天，我得到“S&M 女王”的许可，去羞辱并鞭打一位客户。一开始，我命令他舔我的高跟鞋，但他不听话，居然敢称我为“小姐”，而不是“尊贵的小姐”。

我正打算用力鞭打他的时候，我认出了他。

“T.，是你吗？”

他吓了一跳，站了起来。一下子我们就又回到了 1966 年。他告诉我他渴望被人虐待，因为从小他父亲就一直打他。

T. 当时已经是第二次结婚了，他想要好好经营这段婚姻。我俩都知道，如果我们不再见面的话，一定都会过得更好。几个小时之后，我们在互相道别时，他问：“我能留下你的一只高跟鞋做纪念吗？”当他走出门的时候，我觉得光着的那只脚已经不再属于我自己了。

Tiny piece of paper

小字条

2001 年至 2009 年 | 美国，加利福尼亚州，洛杉矶

我是一名艺术家。前女友和我同居的时候，如果我在另外一个房间工作，她就会坐立不安。有一天，我正在房间里画画，她走了进来，塞给了我一张小字条，上面写着“关注关注我”。在我们分手两年后，我找到了这张字条，从此我就一直把它放在汽车的收纳盒里。

Key-shaped bottle opener

钥匙状的开瓶器

1988 年 1 月 23 日至 1998 年 6 月 30 日 | 斯洛文尼亚，卢布尔雅那

你每天都会和我念叨什么是爱，每天都会送我小礼物。这只是其中的一件礼物而已。那是一把打开心灵的钥匙。你把我的头转了过去，你就是不想和我睡觉。

在你因为艾滋病过世后我才明白你是那么爱我。

Wing ring

片翼戒指

一年 | 英国，剑桥

我飞走了，却再也找不到回家的路……

我被别处明亮的灯光和其他人蒙蔽了双眼。

Rear drive sprocket

后轮驱动链轮

2008 年 5 月 1 日至 2013 年 11 月 13 日 | 挪威，卑尔根

在我们的感情走到尽头前的几个月，他的摩托车彻底报废了，修都没法修。最后一次，他启动了引擎，想把剩下的燃油烧掉。后来，他告诉我，看着摩托车轰然启动，似乎要开始一段新征程时，他的心都碎了。当最后一丝生命迹象逝去之后，他让车架冷却下来，然后把车拆了。他把其中的一个零件送给了我，就是这个后轮驱动链轮。我不关心他的新摩托，却常常想念那辆旧车。

11 月，他离开了我，告诉我他爱上了别人。

Family Guy edition Uno game

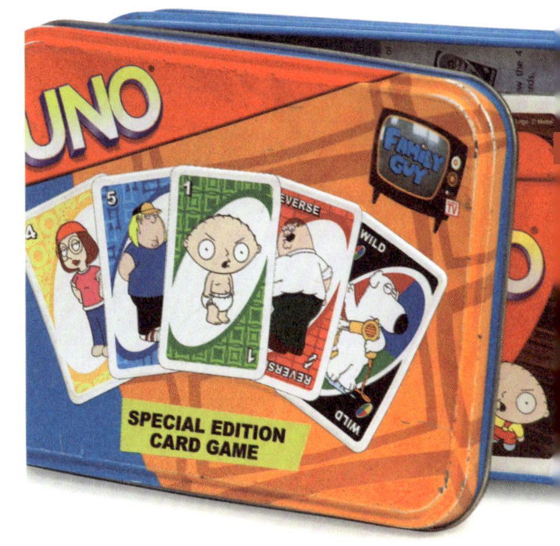

《恶搞之家》版 UNO 牌[1]

2007 年至 2012 年 | 美国，密歇根州，皮托斯基；澳大利亚（异地恋）

我俩连休假的时间都很难碰到一块儿。我被派去伊拉克时你回到了澳大利亚，而我回国的时候你又走了。伊拉克可不是带着双胞胎的寡妇待的地方，而你又离不开澳大利亚，毕竟创伤护士在澳大利亚仍是紧缺人才。你是个骄傲的人，一旦做出了承诺就不会退缩。对此，我心存敬意。所以一切依旧——运气不佳，再加上军人的职责不断干扰着我们作为爱人对彼此的渴望。

有一天我们在聊天时，你说到自己很喜欢《恶搞之家》版 UNO 牌，牌技可谓天下无敌，这时我才注意到这一点。我希望有一天能和你打 UNO 牌，当然，还要打败你。我把它装进行囊带到了伊拉克。休假时，又把它带到了澳大利亚。我们本该在那个时候打牌的。但是，在我来的前两周，你的“朋友”强奸了你，而且差点儿把你打死。在整整十八天的时间里，我在雾中的布里斯班六神无主地乱逛。你一会儿说想见我，一会儿又觉得羞于启齿。最后，我只好返回伊拉克，这副牌也跟着我回到了伊拉克。

我们分手了，但是后来我们又鬼使神差地走到了一起。在这之后，我退伍了，而你也即将结束军旅生涯。你乘坐的航班即将从阿富汗飞到澳大利亚，你希望我在那里等你。还有什么比这更激动人心的呢？我在整理行装时看到了这副牌，就把它放进了袋子——我们终于有机会打牌了。

大家被回家的喜悦冲昏了头脑。你让我给你几天时间，你要先和父母与孩子们理顺关系。我说没问题，然后就去了新加坡和印度尼西亚度假，等你通知我回来。可几天变成了几周，你不回我的电子邮件，电话也不接。最后，我终于明白了，这么长时间以来，我一直忽视了一个最重要的问题：你从来就没有做好认真对待这份感情的准备。

我能做的事情只有继续旅游。在萨格勒布，你 30 岁生日那天，我稀里糊涂地来到了这家博物馆，我心里很清楚，或许这副全世界游历范围最广的 UNO 牌应该在这里结束漂泊生涯了。没有懊悔，只有领悟。希望你在生活中能找到内心的安宁，亲爱的。你应该得到安宁。

1.UNO 牌（UNO 在拉丁语中是“第一”的意思）是世界上最大的玩具公司——美国美泰玩具公司的代表作，一款年轻人喜欢的桌上游戏。——译者注

French ID

法国身份证

1980 年 2 月至 1998 年 6 月 | 斯洛文尼亚，卢布尔雅那

一场伟大的爱情只剩下一个公民身份。

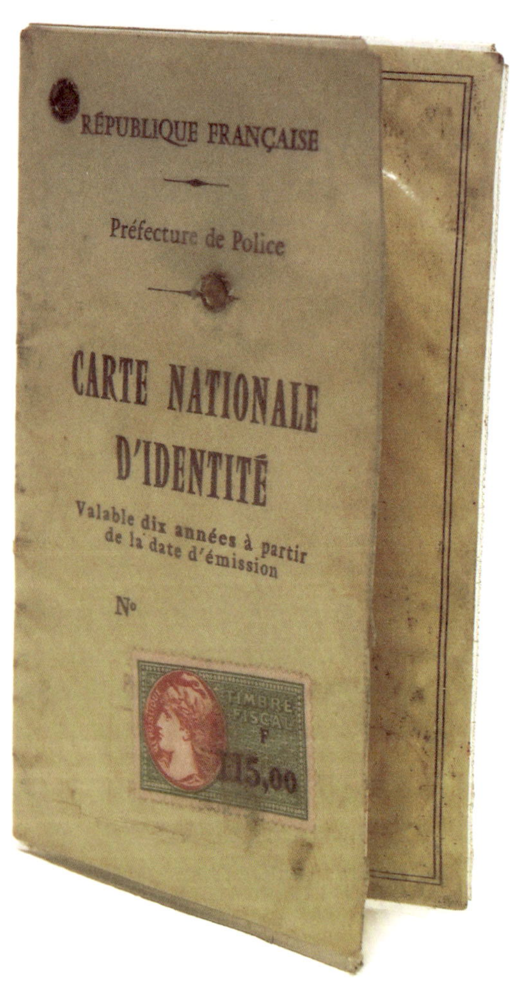

Our puppets

我们的布偶

十多年 | 西班牙，桑托尼亚

这对布偶是我前女友亲手为我制作的生日礼物，分别代表我和她。代表我的那个布偶T恤上别着几支彩色铅笔，裤兜里装着CD，因为我是艺术指导兼音乐家。代表她的布偶衣服上有缝纫机图案，因为她是一个裁缝。和我们一样，这两个布偶的手臂上也有星形文身。

前女友还送给了我两张联合党乐队[1]演唱会的门票，但是我俩都没去。

1.Bloc Party（联合党乐队）是一支来自英国伦敦的独立/另类摇滚乐队，其音乐风格与后朋克乐队类似。——译者注

Kissing-bunnies ring holder

亲吻小兔戒指架

2002 年 1 月 25 日至 2016 年 6 月 14 日 | 英国；美国，加利福尼亚州；日本；美国，马里兰州

这个小玩意儿原来放在我们家厨房水槽的上方。我们在一起煮饭洗碗时，就会把结婚戒指摘下来挂在上面。最近我的丈夫因为另一个女人离开了我。这不啻晴天霹雳。此前没有任何征兆。他只是从六千英里以外的地方给我打来了电话，告诉我一切都结束了。现在我只能带着两个年幼的儿子继续生活，在厨房里编织新的记忆。

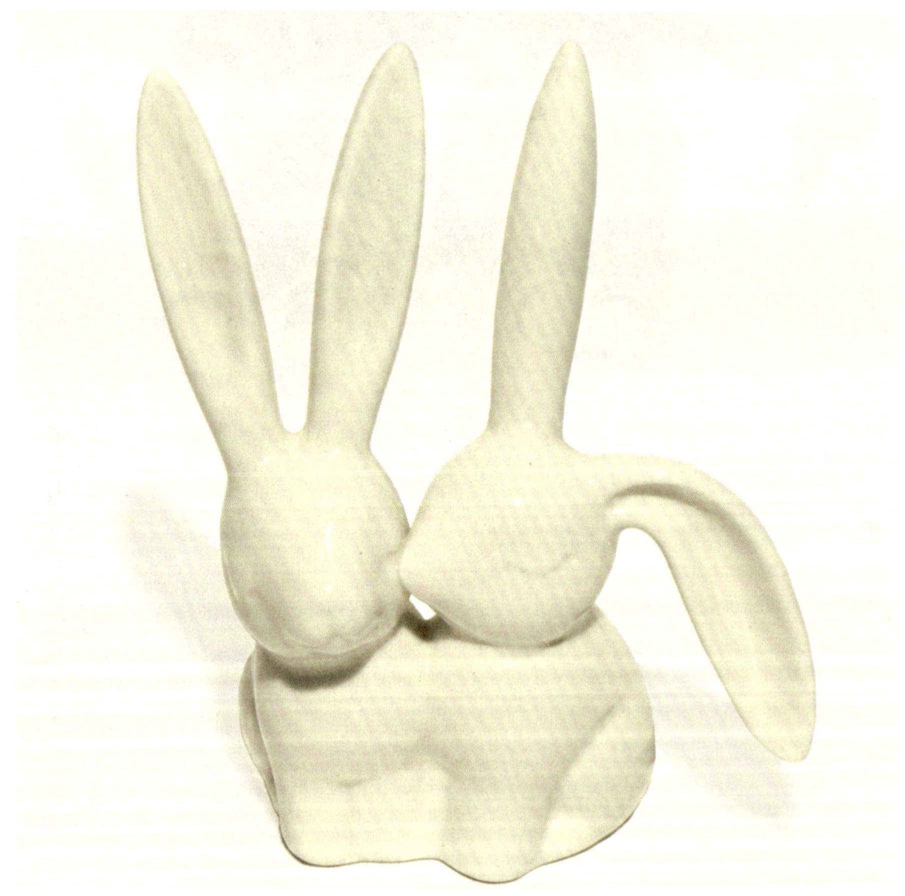

Sweatshirt with a smiley face on the front and an angry face on the back

前面是笑脸，后面是怒脸的运动衫

十八个月 | 丹麦，哥本哈根

这件落在我家的运动衫，会让我想起他的两副面孔。

笑脸的他会带我出去吃饭，说他非常信任我，相信我永远也不会伤害他，还会说他多么爱我，多么爱我值得信赖的笑容。

怒脸的他告诉我，他在平安夜去韦斯特伯区找了一个南美洲的变性妓女，花了八百克朗让这个妓女给他口交。

“现在我们得了淋病。”那副面孔说。

Champagne cork

香槟瓶塞

两年半 | 英国，伦敦

我原计划在 2011 年 8 月 6 日结婚，但是六个月前我发现未婚夫出轨了。

这是我用来庆祝成功避开负心汉的香槟的瓶塞。

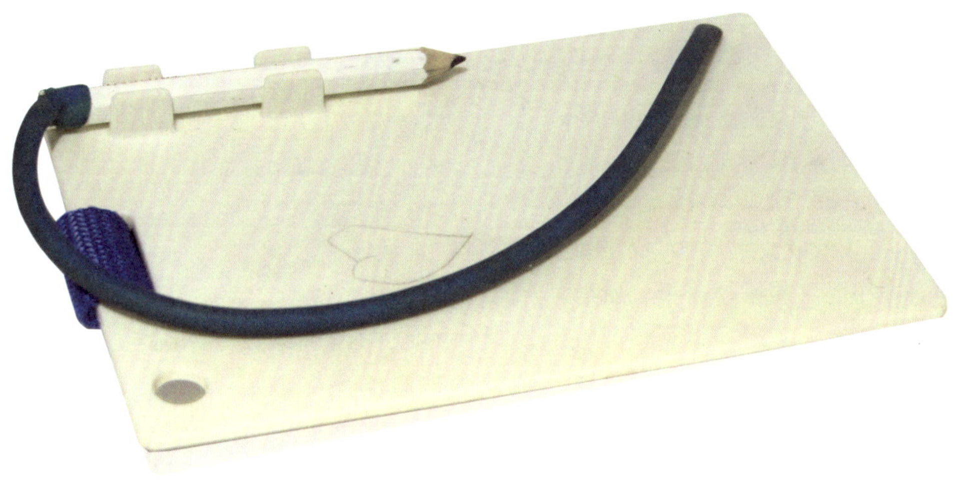

Underwater writing tablet

水下写字板

2007 年 9 月至 2009 年 7 月 | 美国，加利福尼亚州，洛杉矶

发现丈夫出轨之后，我就在 Craigslist[1] 上发了帖子。我收到了几十条回复，但是只有一条写道，他也在经历同样的事情。我们见了面，发生了一段婚外情。他是一名潜水员，所以我也修了潜水课，并获得了认证。分手前，我们一起在南加利福尼亚州和加勒比海潜了几次水。潜水时我用这个写字板写下文字给他看，我们甚至还把面罩拿开，在水下接吻。在我的婚姻结束之后，我们的关系又持续了一年，但直到我们分手，他和妻子也没有离婚。后来他离了婚，又再婚了。之后，我再也没有潜水了。

1. 美国大型分类广告网站。——编者注

Vintage toy soldier

老式士兵玩偶

2009 年 7 月 19 日至 2010 年 9 月 30 日 | 美国，亚利桑那州，图森；爱达荷州，博伊西

2010 年夏天，我们正准备搬进位于亚利桑那州图森的新房子。周末，我们会去逛逛古董市场和商店，买些合适的家具和装饰品。有一天，我无意中看到了一个小小的木制士兵玩偶，他的头圆圆的，穿着一件破旧的帆布大衣。肯是名后备军人，想到他真的入伍后，有这么一个憨态可掬的士兵为我们的家站岗放哨，我觉得也挺好的。

我们搬进新居几周之后，东西还没整理好，肯就丢了工作。他吓坏了。在图森，工作机会是很有限的，这意味着我们连房贷都还不上了。他为了找工作，经常熬夜到很晚，夜里就睡在书房的行军床上。

有一天，他建议我们先到墨西哥去度个假，在劳动节的时候去潜潜水，放松放松，过一个长周末，然后忘掉所有的烦心事。

等我们度假归来回到家时，发现我们的房子被水淹了，水没到了脚踝——连接冰箱制冰机的软管上破了一个小孔，水漏了整整三天。几乎所有东西都被水泡坏了，房子也不能再住人了。

一个月以后，我才发现是肯在水管上动了手脚。他故意让房子淹了水，以骗取保险费。而且在我们去潜水之前，他还投保了我的意外险。他是不是计划好了，打算把我淹死在海里？他是不是疯了？当然，他还说过很多谎话。他说出门旅行，其实在我的小玩偶士兵为我站岗的时候，他背着我和他前女友幽会去了。

我收拾好剩下的东西之后就搬回了博伊西。

Parachute rig

降落伞装置

三年 | 芬兰，赫尔辛基

我在第一次跳伞的时候遇见了他。当时我真的很害怕，但是这位帅哥“救了”我，他是陪我一起跳伞的教练。后来，他教我如何进行单人跳伞。我们喜欢在空中嬉闹，我们深深爱着对方。后来，他在一次跳伞事故中去世了。

4 discs

四张唱片

2008 年 5 月至 2009 年 1 月 10 日 | 美国，弗吉尼亚州，里士满

2008 年，我 62 岁，他 34 岁。他不是我寻找的对象，我也不是他寻找的那个人。

但宇宙打开了一扇门，我们走了进去。他带给了我一段神奇的时光。

2009 年 1 月 10 日，我让他离开了。我让他离开不是因为我想终止这段美好的时光，对于一段从开始就注定要结束的爱情来说，这是最好的结局。

在我死后，我的家人会整理我留下的遗物。他们不会找到任何与这位 34 岁先生有关的东西。我把所有“证据”都毁掉了，把所有的记忆都藏在了心里，除了这四张唱片。34 岁先生把这些歌曲放在一起送给了我，因为他想给我一些重要的东西。他想把自己热爱的一些东西给我。他把音乐给了我。

现在，我把这些唱片捐给你们，既是为了怀念他，也是向那些因爱破碎的心灵致敬。

谢谢你们！

My last 2006 checkbook with my and my ex's names on it

我最后一本 2006 年的支票簿，上面写着我和前夫的名字

1984 年至 2006 年 | 美国，科罗拉多州，丹佛

我爱了我丈夫整整二十二年，直到 2006 年他抛弃了我。我把最后一本和他共有的支票簿保留了下来，因为对于我来说，它代表着我和他最后的联系。它讲述了一个故事，也记录了我生命中身心俱疲、穷困潦倒的一段经历。这本支票簿记录了我们如何强化我们的家庭纽带——一起旅行，一起抚养两个漂亮的孩子，同时也记载了我们的大笔支出——支付孩子们的大学学费，购买我们梦想中的房子。

与此同时，这个账户述说着我们是如何亲手把我们共同创造出来的每一样东西一一摧毁的。从这本支票簿里，你会发现我去看了两位心理医生、两位精神科医生，找过两名律师，还住过精神病医院。它还记录了一次车祸、一次酒后驾车，还租过两套公寓。简而言之，它记载着我们的财务状况走向分崩离析的全过程。

这么多年以来，我一直保存着这本支票簿，我就是做不到把它扔了，一了百了。要是那样的话，感觉就像摧毁了维系一段感情的发动机。

Beauty

伊人

362 天 | 冰岛，雷克雅未克

我误打误撞地遇见了一个女孩……

她闯进了我的脑海

重新布置了家具

她端坐在那里

还有她的书和猫。

她仍然萦绕在我的心头……

占据了我的音乐和书籍……

几大本笔记本……

都被我涂满了蹩脚的

诗歌和情书，还有一部

没有写完的小说……

而这是她写给我的唯一的文字

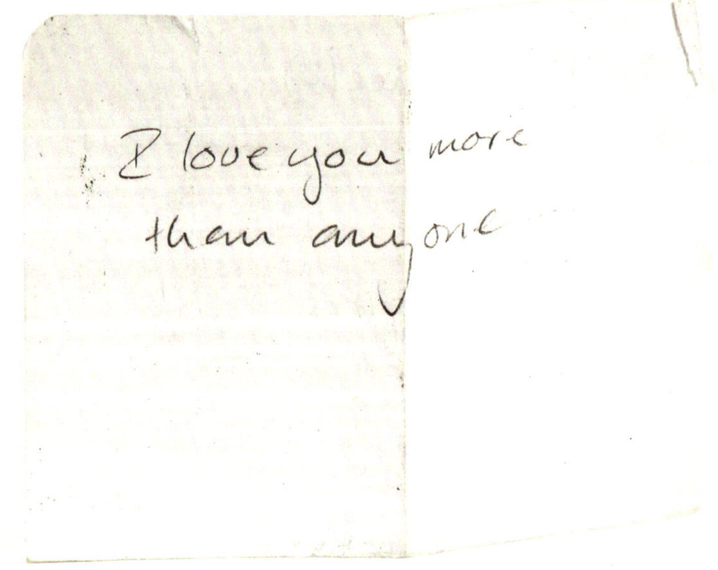
I love you more
than anyone

我比任何一个人都爱你。

3-volume Proust

三本普鲁斯特的作品

1983 年至 2011 年 | 英国，伦敦

这几本破破烂烂、布满沙砾的大部头是一段爱情长跑的象征，但是这段爱情长跑最近却走到了终点。我和妻子在步入婚姻殿堂后，就开始痴迷于普鲁斯特——过去我常常给她念普鲁斯特的小说，尤其是在度假的时候。我们连续几年夏天都在葡萄牙阿尔加维的塔维拉岛上度假，这些书大部分就是在那里读的。我们会一起漫步到人迹罕至的沙滩上，用海上漂来的木板、竹子和丝制围裙搭一个避风的角落，然后纵情陶醉于曼妙的词句韵律之中，而在我们的身后，则是大西洋的海浪发出的沉闷呼啸声。

我至今仍然觉得那是阅读普鲁斯特作品的最佳方式——这样我们才能进入叙事者的大脑里，感受到他迷恋的事物，真正理解书中那种欢快的、引人发笑的幽默感——虽然这样阅读效率不高，因为用这种方式读完这套书需要整整十年！

做这种事听起来有点儿奇怪，也有点儿傻，但它是一个自然而然的过程。有几年夏天，我们觉得自己似乎卷入了一场三角恋之中，而普鲁斯特就是那个搞笑的、神经质的第三者，虽然他神采飞扬，大声赞美爱情，但是从来没有享受过鱼水之欢。

和普鲁斯特不一样的是，我们的故事没能走到终点。或许，这本身已经包含了某种寓意。我们还有两百页左右没有看完。为了减轻行李的重量，我们把这两百页从最后一卷里拆了下来，放进了信封。

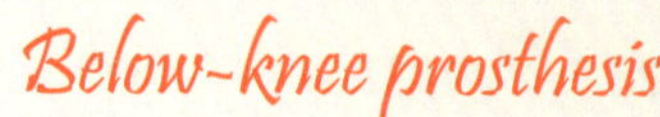

Below-knee prosthesis

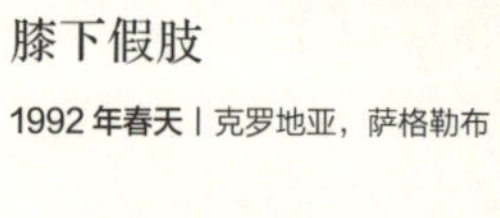

膝下假肢

1992 年春天 | 克罗地亚，萨格勒布

在萨格勒布的一家医院，我遇见了一位美丽、年轻、雄心勃勃的社工，她来自国防部。我是一名伤残军人，她帮我弄到了膝下假肢的材料，我对她的爱意自那时便油然而生。假肢比我们的爱更持久，毕竟它使用的材料更有韧性。

Sinners after six: A box of mints

六点后的罪人[1]：一盒薄荷糖

2009 年 9 月至 2010 年 3 月 10 日 | 美国，纽约州，纽约市

我在人头攒动的房间里瞥见她的时候，她的眼睛死死地盯住了我，而且淘气地把手滑过脖子，做了一个割喉的动作。我困惑地看着她，她樱唇轻启，说“你是一个连环杀手”。她是个辣妹，同时也是一个疯子，从那一刻起，我的魂魄都被她勾走了。

一年后，她因为和警察发生了冲突，被关进了雷克岛监狱[2]。我去那里探望过她。出狱后，她来到了我位于地下室的公寓，我们开始了七个月断断续续的同居生活。

虽然我也会说“你知道，我们永远都不可能在一起”之类的话，但是我真心希望她能反驳几句。只可惜，这种情景从未出现过。在我不知情的情况下，她和我们的一个同事睡到了一块儿。我们在一起度过了最后一个夜晚之后，他们就结婚了。

我把一切的一切都给她了，而她只给了我这盒薄荷糖。可笑的是她的父母是重生基督徒，而我的父母是浸礼宗牧师。“我俩都糟透了”，她如此评价我们共度的那段短暂时光。

她已经离婚了。婚姻持续了大概一年。我们仍然有联系。当然，总是我主动联系她。“你究竟有没有想过我？我一直都在想你”，这是我喝醉的时候发出的最后一条短信，是一个月以前的事了。她没有回复。这是她的典型作风。

我还是会常常想起她，每当想起她的时候心里总是充满柔情。那是我第一次爱上有反社会人格的人，此后又遇到了许许多多这样的人。

1. 薄荷糖品牌。——译者注
2. 雷克岛监狱是纽约著名的监狱之一，它靠近皇后区的拉瓜迪亚机场（La Guardia Airport），位于纽约一个水中央的小岛上。——译者注

Magnifying glass

放大镜

时间不详 | 菲律宾，马尼拉

在我离开之前，她把这个放大镜给了我，作为纪念。

我一直不明白她为什么要送我一个放大镜，她也从来没有向我解释过。

但是她常常说，她在我身边的时候，总觉得自己很渺小。

Top 10 Reasons to Stay in the UK!
(in no particular order) ..

① Alton Towers - is quite good

② Europe is like 2 mins away, Italy, Portugal, Spain - mmmm.... Food

③ My hair goes really Frizzy in the Heat

④ I've heard that Australia is going to swept away by wind in a couple of months anyway

⑤ I can't afford to post your (numerous) Love Letters to Australia and also I would feel less guilty about my carbon footprint if you were a bit more local

⑥ Lately, I've been finding lots more money than usual on the streets of London

⑦ I'll cook for you naked alot

⑧ If you'd prefer I could keep my clothes on at all times (save embarassment)

⑨ I think that Australian's music scene has never been the same since Brian MacFadden went over there

⑩ I'm not good enough for you, but I'm sure I must know somebody who is. Bella? She's coming back to LONDON YAY!

留在英国的十大理由

（想到啥写啥，没有特别的排列顺序）

① 奥尔顿塔游乐园——真让人流连忘返啊！

② 只用两分钟就能到欧洲其他国家：意大利、葡萄牙、西班牙——哇哦……好多美食呢！

③ 我的头发会在高温下变成可爱的小卷毛。

④ 我听说几个月之后澳大利亚就要被风吹走了。

⑤ 我没钱把写给你的（海量）情书寄去澳大利亚，如果你留在英国的话，那我就不会因为碳足迹的问题而内疚了。

⑥ 最近我在伦敦赚到的钱比以前多多了。

⑦ 我可以给你做饭（经常光着也无所谓）。

⑧ 如果你不喜欢，我也可以永远穿着衣服，省得彼此尴尬。

⑨ 我觉得自从布莱恩·尼古拉斯·麦克法丹去澳大利亚发展之后，澳大利亚乐坛就今不如昔了。

⑩ 我现在还配不上你，但我知道什么样的人才配得上你。贝拉？她回伦敦了。耶！

List of 10 reasons to stay

留下来的十大理由清单

2011 年 12 月（三周）| 英国，伦敦

我是在 12 月初遇见她的，当时我没当一回事，而且也没想着要交什么女朋友。在频繁接触之后，我意识到她很特别，她 12 月 29 日要回澳大利亚，这让我始料未及。

所以我写了这张清单，但是忘了加上第十一个理由：“我不是常常能像这样坠入爱河。”

Steel handcuffs pendant

钢手铐挂坠

2008 年 5 月 18 日至 2011 年 12 月 27 日 | 墨西哥，墨西哥城

有三年半的时间，她都是我的心理医生，直到她说无法再给我治疗了。六个月后，她来找我，我们开始约会了。

我们一起生活了一年半。

她给了我这个挂坠，意思是我们的关系就像婚姻一样。由于她一直无法公开承认自己是同性恋者，所以我们这段感情就无疾而终了。

我们分手的时候，我 22 岁，她 36 岁。现在她和一个男人生活在一起。她说她永远都无法接受自己是同性恋者。

Basketball shoes

篮球鞋

2009 年 9 月至 2010 年 9 月（一年） | 美国，华盛顿州，西雅图

我们一起打篮球。他是异性恋，我不是。那时候，他经常向我说起他正在约会的女孩子，我的心都碎了。

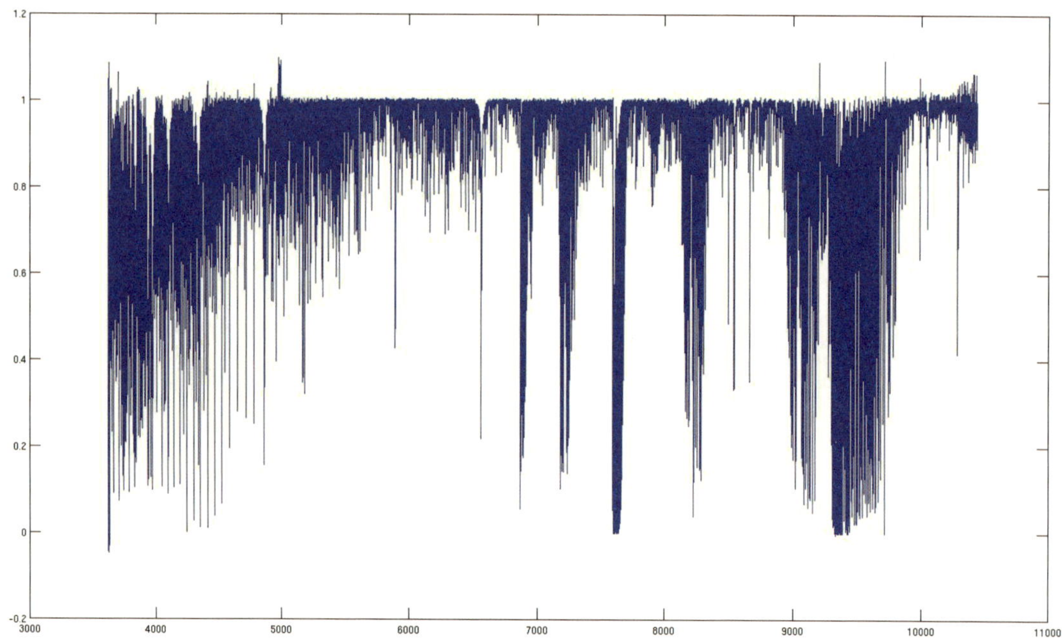

Spectrum of a star

恒星光谱图

一年 | 中国，北京

我们都是天文学家。在我 26 岁生日那天，他送了我猎户座中一颗恒星的光谱图作为我的生日礼物。这颗星星名为 pi3，距离地球有二十六光年。

他说：“瞧，在你出生的时候，光已经离开了这颗星星，穿越了广阔无垠的星际空间、尘埃和星云，经过二十六年的旅程之后来到了这里，你也是一样，在二十六年后来到这里。在这里你遇见了你的星光，我遇见了你。”

Book-Paul McKenna, I Can Make You Thin

书——保罗·麦肯纳

《我能让你变苗条》

四年 | 英国，霍恩卡斯尔

这是我未婚夫送给我的礼物……我真的还要继续下去吗？

Pair of jeans

一条牛仔裤

永远 | 韩国，首尔

我觉得我这一辈子都在和自己的体重抗争，一直得面对来自亲朋好友和外人的压力，瘦！瘦！瘦！

我坚持锻炼、节食，拼命想把体重减下来。但是，瘦了以后我又会因为暴饮暴食或者“溜溜球效应”而出现反弹。

我现在终于放弃了，不再追求那个理想体重。我比以前瘦多了，再也不想承受同样的压力了。

我捐出的是一条牛仔裤，这条裤子对现在的我来说已经太大了。我想和那个一直为减肥而焦虑的自己说“再见”。我想把生活的重心放在其他事情上。

Silicone breast implants

硅胶乳房假体

2009 年至 2013 年 | 美国，加利福尼亚州，洛杉矶；纽约州，纽约市

我的前任说服了我去隆胸。他总是喋喋不休地说自己就是“喜欢奶子”，而且含沙射影地说我的胸部不够大。当时，我还没有经历过什么隆胸手术，没什么感觉，所有并没有立即让他滚蛋。而且随着时间的推移，我也渐渐觉得自己的胸部确实有些小，所以就去做了乳房假体植入手术。一开始是他付的钱，但是后来他又把钱给要了回去。这对假体在我体内整整待了五年，其中有些年是和他在一起的，有些年则不是。我一直都对这些东西恨之入骨。

它们不仅给我带来了情感上的创伤，最终也给我带来了身体上的创伤。我的身体从第一天起就对它们有排斥反应。在第一年里我就做了两次手术：第一次是把硅胶植入体内；第二次则是进行调整。假体在我体内的位置不正。第二次手术的时候，医生决定把我几乎整块胸

肌从胸骨上剥离下来。此前我完全不知道整块胸肌被切了下来，这最终造成了肩袖损伤，还让我的胸部越鼓越高。所以长久以来，我的胸部看上去鼓得不像话，好像戴了一个硬邦邦的美体胸罩。

我最后决定移除假体，恢复原来具有自然美感的形体，不再让前任继续影响我的生活。移除手术比前两次手术要痛苦很多。那完全就是对我的胸部进行重塑，同时还需要修复胸肌。在前一次手术中，我的胸肌被切开，翻转，缝合。现在要把线拆了，把胸肌放平再拉伸，然后缝到骨头上。

啊，我为了一个爱过的男人不惜摧残自己的身体。当时，我对他的爱远甚于对自己的爱。现在我才知道这种爱是有剧毒的。你应该全面地、彻底地爱自己，然后才能爱别人。这些东西移除之后，我真的快乐多了。

我说想把这对假体留作纪念时，执刀的外科医生颇感意外，同时也被逗乐了。但是，我怎么能不留下这些东西呢？它们是我这段波澜曲折的情感历程的象征。我心里有个声音说：把这对假体装进盒子里，再附上一张便条说“我受够这玩意儿了”，然后寄给我的前任。尽管这么做很解气，但是我觉得现在的做法更好，也更符合常理——把这两坨曾经带给我无限痛苦的硅胶捐献出去。这真是再好不过的告别。

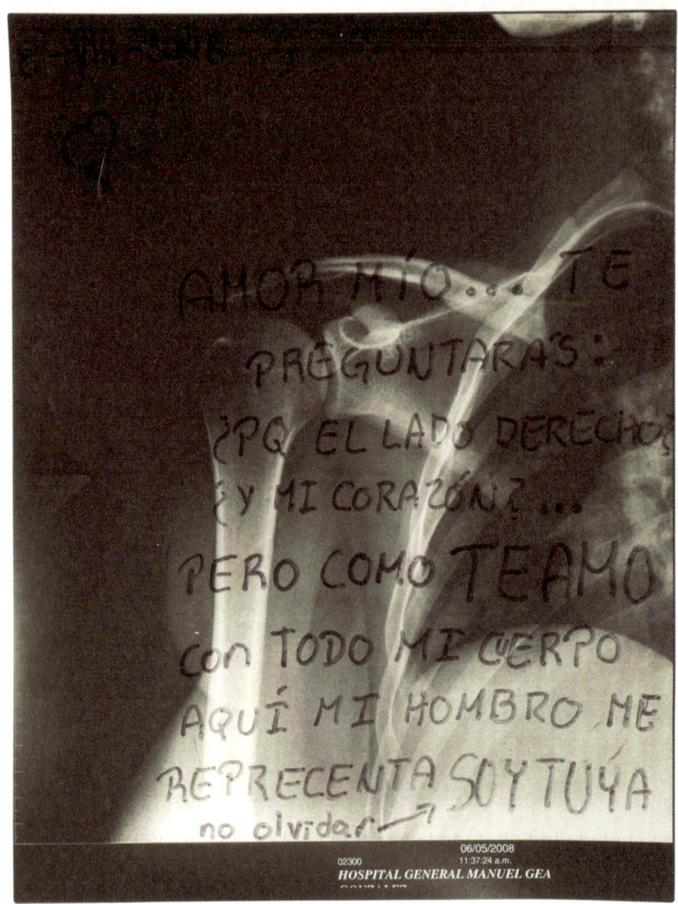

X-ray

X 光片

2006 年 6 月至 2009 年 12 月 | 墨西哥，墨西哥城

芭芭拉是我的初恋。她是我的第一个女朋友，第一个爱人。这也是我第一段全身心投入的感情。我们爱得很热烈，充满激情，同时也很不寻常，充满破坏性。有一天，我们遭遇了一场惨烈的车祸，一同拍了 X 光片。在我生日的时候（2008 年 8 月 8 日），她送了一张右肩的X光片给我，上面写着：“安迪，我的爱人……你可能会问为什么我会送你右肩的 X 光片，而不是心脏的 X 光片？因为我全身心地爱着你，所以我的右肩就代表着我的全部。我是你的——不要忘记我。”

那个贱人。

Dreads

脏辫

2001 年 10 月至 2008 年 8 月 | 法国，阿尔福维尔

那一场轰轰烈烈的爱情结局就像超新星一样，只留下一个巨大的黑洞……那些日子很艰难，那些日子也特别危险。

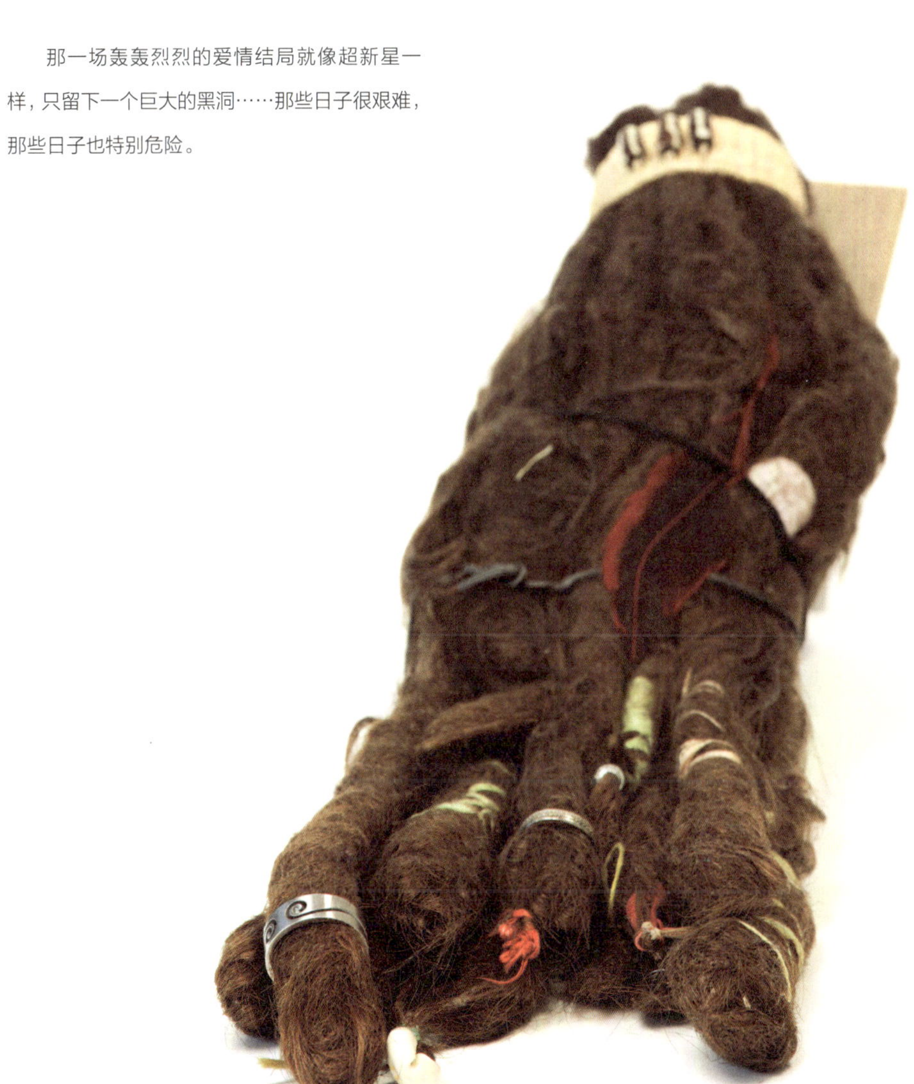

Centipede called Timunaki

一只名叫蒂穆那基的百足虫玩具

将近两年 | 波斯尼亚和黑塞哥维那，萨拉热窝；克罗地亚，萨格勒布

我曾经拥有一份火热的爱情，真的很火热——那是萨拉热窝与萨格勒布之间的异地恋。这份爱情持续了二十个月，我们梦想着有一天我们能够生活在一起。带着这样的梦想，我买了这只巨大的百足虫玩具。每一次相聚时，我们都会扯下它的一只脚。等把它所有的脚都扯光的时候，我们就会一同开启新生活了。

但是，就像所有伟大的爱情一样，我们的感情破裂了，所以这只“百足虫”终究也没有成为一只彻头彻尾的“无足虫”。

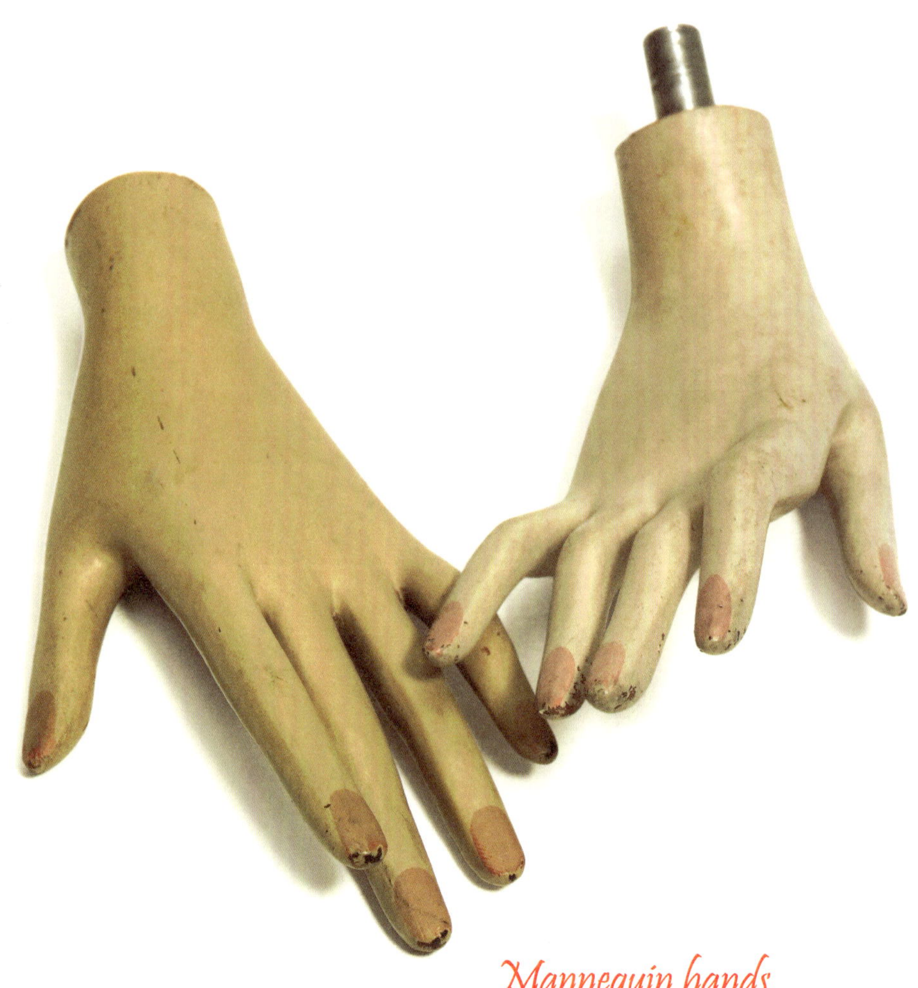

Mannequin hands

人体模型之手

五年 | 德国，柏林

那五年爱恨交加的感情让我再也无法忍受了。有一天晚上我离开了家，第二天早晨才回来。我发现屋子全毁了，到处都是聚氨酯泡沫。一片混乱。我最喜欢的人体模型别无选择，只能眼睁睁地看着这一切。

Gold boxing glove pendant

金拳击手套挂坠

1995 年至 2014 年 | 英国，米德尔斯伯勒

初次见面时我们还是学生。我们会从晚上一直聊到天亮。你和我各自都带着伤，我们一起抚平了那些伤痕。

这是你送给我的第一份生日礼物。“马修，祝你 22 岁生日快乐！”从 11 岁起，拳击就是我的最爱。这是一份完美的礼物。

快进到 2014 年。年近 40 岁时我们结了婚，有两个聪明伶俐、漂漂亮亮的孩子，生活苦乐参半，但是随着我们的道路出现了分岔，我们也渐行渐远。震惊、悲伤、伤害，但是没有遗憾。没有你，我不会搬到伦敦去，在事业上也无法取得今天的成就——每天都在练习拳击，每天都在追逐自己的激情。谢谢你。还有我生命里最明亮的两盏灯，也谢谢你们。我在没有你的路上慢慢前行，你也在没有我的陪伴下继续自己的旅途。我们曾经拥有的一切都很特别，那只属于我们自己，却不再能满足我们。这让人心碎，但你说的是对的。我真心希望你能够找到自己追求的东西。不要退而求其次，你一定会得偿所愿。追随你的内心。要快乐！

Plastic painting of St. Francis

圣弗朗西斯彩绘塑料雕像

“只有死亡才能将我们分开” | 瑞士，巴塞尔

孩提时代，我的父亲只是偶尔才和我们生活在一起。他总是和我们住一阵子之后，就背起行囊再次离开。每次我的母亲都会对我和妹妹说：“你们的父亲就像一只美丽的鸟儿。他来的时候，我们应该欢天喜地，但是我们也要学会放手让他再次飞翔。”对此，我似懂非懂。

有一回，我家的非洲保洁阿姨送了这个彩绘塑料雕像给我们作为圣诞礼物。我的母亲觉得这个塑像浅薄庸俗，想把它扔了。但是，我把它藏到了自己的房间里，因为这个塑像让我想起了自己的父亲。我们搬到瑞士的时候，我把它也带上了。

我最后一次见到父亲是在 2010 年夏天。现在我真的可以放手，让鸟儿飞走了。

60 pages of handwritten travel diary, bound and sealed

封存的手写版旅行日记，六十页

1987年9月至1994年12月 | 丹麦，哥本哈根

那个夏天，我们度过了一段幸福的时光，我把百分之百的注意力都集中在了你身上。这本日记就是关于那个独一无二的夏季的记忆。我们结婚之后，有了年幼体弱的孩子，我的注意力转移到了孩子们的特殊需求上。那时候，你变了，我的心也碎了。

Destroyed VHS tape of my father's wedding

碎裂的婚礼录像带

20 世纪 90 年代中期至 2009 年 | 美国，科罗拉多州，丹佛

我的父母在结婚二十六年后离了婚。不久，我的父亲便和他办公室的一个女人勾搭上了。她看准了我父亲是一张长期饭票，将他当成自己的猎物，嫁给了他，然后很快就把工作辞了，从此赋闲在家。父亲仍然做着全职工作，后来退休，然后返聘，因为他要为她的挥霍无度埋单。她还养成了一个习惯，每天白天睡大觉，晚上上家庭购物网，净买一些不靠谱的东西。无论是在经济上还是在情感上，她都把父亲毁了。

医生诊断出父亲身患癌症，而且已经到了晚期，只有一个月可活。她是个守财奴，自然不愿意让父亲在自己家中接受临终关怀服务。但是，他买的保险不涵盖临终关怀的住院费，只包含护理费。后来，她想方设法把他弄去一个贫民救助站，不让他用自己的退休金来支付临终关怀费用，因为她说“这样一来，他死之后我能拿到手的钱就少了一大笔”。而我的母亲——他抛弃的前妻，以及他91岁的老母亲挑起了这个重担——每周高达一千两百美元的护理费。随着时间的推移，大家本来已经很僵的关系越来越糟了。临终关怀的员工们都建议我们不要和他妻子有任何接触。我父亲过世之后，不仅我个人因为不想见到那个可怕的女人而拒绝参加他的葬礼，他唯一的妹妹、两个兄弟、前妻，以及他自己的母亲也都拒绝出席。

几年之后，我无意中发现了他的结婚录像带。我颇感震惊，甚至可以说被吓到了。我打电话给妹妹，我们一致决定毁掉它。你们现在看到的这盘录像带被我用车子碾过，用螺丝刀捅过，用来复枪打了好几枪，用锯子锯，用斧子砍，还用火把烧过。毁掉录像带的过程真的颇具疗效。

"Official"
Video runs
hr. 24 min.
to 1:47:20)
wedding. Tape has two
with it

Exercise bike

健身自行车

十四年 | 芬兰，努尔米耶尔维

这辆健身自行车原本是我买给妻子的圣诞节礼物。车上预装了一些程序，如心肺训练与心率恢复练习（这个功能坏了）。后来我发现她喜欢骑的远不止健身自行车，所以就和她离婚了。她不想带走这辆健身自行车，我猜想她的心脏一定是一级棒吧。

Gingerbread cookie

姜饼

一天 | 美国，伊利诺伊州，芝加哥

我们是在德国啤酒节[1]举行到一半的时候认识的。我是一名美国外交官，而他在伦敦从事金融业，来自利物浦。我们很聊得来，所以认识后把朋友们都甩在一边，单独聊了好一会儿。我们一离开啤酒大篷[2]，就像孩子一样放肆地笑着，然后一起去兜风，一起跳舞，一起唱歌，我们真的特别聊得来。我不想异地恋，但是在他的软磨硬泡之下，我让步了，我们交换了联系方式。几天之后，我收到了这样一条短信："斯特凡妮，我很难启齿，你真的是一个特别好的女孩，但是'做朋友'这事我们还是算了，好吗？其实我已经名草有主，还有两个孩子。我最近有点儿不顺，但是我知道在我的内心深处，我还是爱她的，所以我想一心一意地对她。我觉得，有一个长得这么漂亮的单身'朋友'只会让我的头脑乱得一团糟。非常感谢你带给我的快乐时光，我会永远记在心里。请不要打电话或发短信给我，我担心那只能带给我烦恼。祝你生活美满。P.（利物浦）"

1. 德国啤酒节（Oktoberfest），又译德国十月节，因为啤酒节于每年的 10 月举行。该啤酒节与英国伦敦啤酒节、美国丹佛啤酒节并称为世界最具盛名的三大啤酒节。——译者注
2. 啤酒大篷（Biergarten tent），在德国啤酒节期间，为了招徕顾客，慕尼黑的八大啤酒厂在节前就在特蕾泽大广场上搭起巨大的啤酒大篷，比一般的帐篷更大，装修也更豪华。每个帐篷里放有长条木桌和板凳，大篷的一端还有一个临时舞台，由民间乐队演奏欢乐的民间乐曲。帐篷一般可容纳三四千人，最大的有 7000 个座位。——译者注

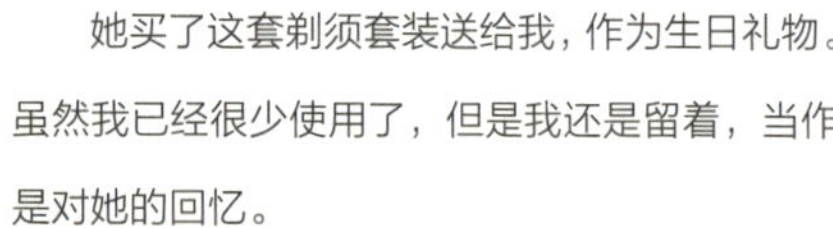

Shaving kit

剃须套装

1987 年至 1996 年 | 克罗地亚，萨格勒布

她买了这套剃须套装送给我，作为生日礼物。虽然我已经很少使用了，但是我还是留着，当作是对她的回忆。

我们遇见彼此的时候，她 17 岁，我 27 岁。当时我已经成家了，有三个孩子。十年后我们分手了，但是我的爱还像我们初见时那么热烈。现在她也结婚了，有了一个女儿。我希望她不再爱我了。我希望她永远都不知道她是我唯一爱过的人。

Frogs

青蛙

三十六年 | 美国，印第安纳州，布卢明顿

妈妈在我 3 岁的时候离开了。这是她送给我的为数不多的圣诞礼物之一。

My mom's personal belongings

妈妈的个人物品

她于 2006 年去世了 | 波兰，华沙

我们形同姐妹。陪伴妈妈的总是我，而不是爸爸。他出局了，我永远都不知道为什么。

我的生命里每分每秒都有她，无论我需不需要。当你别无选择，成了某个人生命里唯一的孩子时，亲子关系就变得难以捉摸了。同样，你很难时刻记着，妈妈生病了，她已患病多年，终将被病魔夺去生命。

在我还没有出生之前，母亲体内已经长了第一个肿瘤。最后一个肿瘤出现的时候，我已经 24 岁了。二十五年来我们一直在抗争。我们所有人都在抗争。我一直为她的毅力、求生的意志、对爱和被爱的渴望而惊叹。

但是，我希望保持清醒的头脑。我必须承认：从遗传学的角度来看，我得癌症的概率很高。我希望能尽快忘却悲痛，记住美好的时光，如果我想过自己的生活，而不是她的生活，我就必须放手。

这就是我放手的方式。

鞋子——她真的太喜欢这双鞋子了，所以一直没舍得穿，因为她不想让这双鞋子有一丁点儿的损坏。裙子——这是她 18 岁的时候自己做的一条裙子。这条裙子她穿起来一直都很合身，很漂亮。哪怕是她 40 岁生日派对那天，也同样如此！西装——她穿起西装来特别性感，但是她很不愿意穿成那样。钱包——直到她去世之后，我才看到。我喜欢这个钱包，但东西是她的，不是我的。所以，还是捐给你们吧。

妈妈，我知道您一定已经找到了自由。现在我也要找回自己的自由了。为了我的丈夫和孩子们，为了爸爸，再见。

Postcard

明信片

1919 年（一个月）丨德国，海德堡；美国

1919 年，我的曾祖母还是个美丽的年轻女子，她当时的生活就是一场盛大的派对，每个月都会结识新的年轻男子。但是对她而言，只有两个人是最重要的：一个是她父亲，另一个是她的德国恋人。

她把心留在了海德堡，他们在那儿一起度过了一个月的时间，一起在城堡看着夕阳缓缓地落下去。最终，他没有和她一起前往美国。他没有钱，而她的父母也不喜欢他。但是，每年秋天他都会给她寄一张明信片。

这是她的德国恋人寄给她的最后一张明信片。我们猜想，可能是第二次世界大战夺走了他的生命。

African stone house

非洲石屋

四十三年 | 瑞士，巴塞尔

我们在泽布吕赫的一个沙滩上“很偶然地”挡住了各自的去路。那时他 16 岁，有四个兄弟姐妹。我也 16 岁，也有四个兄弟姐妹。他来自荷兰，我来自瑞士。我们都算是半个孤儿，因为我们的父亲都在同一年得癌症死了。

一种特殊的友谊从此拉开了帷幕。在四十三年的时间里，我们一直保持着书信往来，但我们只见过五次面。58 岁生日那天，大女儿给我买了一张去阿姆斯特丹的票，当作是送给我的礼物。

我义无反顾、厚着脸皮摁响了他家的门铃。我们就那样面对面站着，谁也没有说一句话。我们都老了，我们打量着彼此……我们都被深深打动了。

他说：“你是来和我道别的吗？”

我说：“不是。为什么？”

犹豫了很久之后，他才喃喃说道：“我做了一个梦，梦见你得了癌症，病得很重。”

六个月之后我被诊断出患了恶性肿瘤。那是五年前的事了。之后我们再也没有联系过。

这就是为什么这个非洲石屋（上面写着“我们的第二个家”）现在应该找一个特别的安放之处了。那是他花了很长时间一锤一锤凿出来的。

Antique watch

古董表

1987 年 | 克罗地亚，萨格勒布

她喜欢古董。只要是老古董、走不动的东西她都喜欢。这恰恰是我们为什么不能在一起的原因。

Broken trunk

破木箱

2010 年 9 月至 2012 年 3 月 | 墨西哥，墨西哥城

我们决定用一个箱子把我们的秘密装起来，不让其他人看见。随着时间的推移，木箱里渐渐装满了照片、票据、情趣内衣、信件和情趣玩具。钥匙是手镯状的，我们一直带在身边。分手的时候，我在家里举行了一个派对。我们认识的每一个人都到场了。他那天很生气，喝得酩酊大醉，把这个木箱从我的卧室里搬了出来，摔到了地上。里面的东西全都飞了出来，我所有的朋友都看到了。从那以后，我们之间再也没有任何秘密可言。

Iron

熨斗

时间不详 | 挪威，斯塔万格

　　这个熨斗原本是我结婚的时候用来熨西装的。现在它是仅存的一样东西了。

Vintage Stratton compact

复古粉底盒

1999 年 9 月至 2002 年 5 月 | 美国，北卡罗来纳州，达勒姆

这个复古粉底盒是我高中时候的男朋友送给我的，那是他从北卡罗来纳州海边的一个古董店里顺来的。我们总是吵个不停，所以这段爱情持续了不到一年就结束了。那时候我还没有搬进他家和他同居，我们也还没有把对方真正逼疯。当时他刚拿到驾照，所以我们和所有 16 岁的问题少年一样，每天总是想一出是一出。逃学，开两个小时的车去海边玩耍。那是早春时节，春寒料峭，比我们预想的要冷一些，所以我们没有去沙滩吸大麻、亲热，而是躲在他的福特金牛座汽车里，把门窗关得紧紧的，一起吸大麻，然后再到市区逛精品店。我在货架上看到了这个粉底盒，随口说了一句“真漂亮”。当时我并没有看见他把粉底盒装进了自己的口袋。几个小时之后，当他把用皱巴巴的笔记用纸包着的粉底盒递给我的时候，我很意外。

就在高中毕业前夕，我离开了他。一来是因为有一回他居然敢拿着菜刀冲我比画，二来是因为我被一所大学录取了。我知道离开了他，我照样有地方可住。

在过去的十三年里，每次搬家的时候，我都小心翼翼地把这个粉底盒用纸包起来。我不用粉底，也不用粉饼，所以根本用不着粉底盒。因此，自从他把这个粉底盒送给我之后，里面就一直空着。这也算是物随其主了，因为我们的关系就是如此，虽然我们总是试图去弥补内心的空洞，但始终没有成功。

Piece of candy

一包糖果

2015年10月至2016年8月 | 卡塔尔，多哈

我们原以为那会是一段安全的婚外情。我们都身处异国他乡，都已经成家，都和家人相隔万里。我们来自截然不同的种族和文化。我不想爱他。他对我比我认识的任何一个男人都要差，但同时他又给我带来了无限的快乐，一看见他，一闻到他的气息，一听到他的声音，一想到和他在一起的感觉，我都会感到特别快乐。虽然他让我一而再，再而三地失望，但是，每一次我总会回过头来寻求更多的失望。

最后，我振作起来，转身离开了他。我不能作践自己。他在世界的另一端，今生今世我可能再也见不到他了。他是我内心深处隐隐的痛，是无人看得见的悲伤。

这包糖果是我留下的我们在一起时的最后一样东西。我不知道我为什么会把这包糖果留了下来，为什么会把它带回七千里之外的家中？

你一直离我的心很近，亲爱的，但是爱情已经不会再让我撕心裂肺了。

Keka flyer

《快闪女杀手 K》海报

2003 年 10 月 | 菲律宾，马尼拉

为了庆祝我的新片《快闪女杀手 K》发行，前女友和我决定重返我们的爱情开始的地方——纽约。在我完全不知情的情况下，她购买了这部影片的盗版拷贝，自己花了好几周的时间制作了字幕。然后，在离我们过去住的地方很近的一个地下影院里，她组织了一场观影活动。她把亲朋好友，甚至还把我崇拜的但还算不上真正认识的艺术家都请来了。那是她给我 23 岁生日带来的一份惊喜，也是我此生收到过的最甜蜜的礼物。

Decorative medal

装饰性纪念章

2011 年 7 月至 2014 年 4 月 | 美国，马萨诸塞州，波士顿

在他爱上那个极其温柔但身体、精神状况都欠佳的女人之前，前男友和我曾有一段非常快乐的多角恋情。后来，他成了这个女人唯一的依靠。他和这个女人的恋情耗尽了他原本应该花在我们这段感情上的所有精力。我稍有指责，他便勃然大怒。当我们的关系岌岌可危时，他提出，为了事业，他要穿越美国，搬到一个很远的地方去，而且他希望我和那个女人跟他一块儿去。我犹豫了，特别是因为她已经欣然同意（尽管他们才在一起三个月的时间）。就在我犹豫不决，考虑是否要从这种荒唐的关系中全身而退时，他却觉得我的态度令他难以接受。我们吵得很凶，最后分手了。

在他们离开的几周前，他和我吃了一顿午餐。他给了我这样一枚纪念章——其实是他俩给我的——“因为我表现得特别棒”。显然，我原本是打算和他撕破脸的，但是我最后并没有那么做。正因为如此，我受之无愧。我伤心欲绝，怒火中烧，甚至从来没有把它从那个小小的塑料袋中取出来过。我没法留下这份礼物。它会不断提醒我：为什么末了，我们居然不能以同样的眼光来看待这个世界呢？

Hair dryer

电吹风

九年半 | 德国，科隆

童年时代，我家里曾经有一个“很特别的”电吹风。它很容易过热，关机之后有时候得等上很久才能打开再用。所以，如果家里同时有好几个人要用电吹风，我们一般都不会关机。

在那段风花雪月的日子里，前男友通常会先冲澡，然后在我前头使用电吹风。虽然这个电吹风和我小时候用的那个并不相同，但是，我还是习惯性地叫他别关机，直接递给我就好……可他还是会把电吹风关掉。

Boyfriend hat

男友的帽子

2000 年 | 南非，开普敦

她经常说这是男朋友的帽子。她说她喜欢这顶帽子，因为它看起来就像是一顶男人的帽子，但是这顶帽子她戴着正合适。直到两周前，我才发现这真的是她男朋友的帽子，而且她仍然会和他滚床单。

Sea turtle pendant

海龟挂坠

2012 年 11 月 17 日至 2014 年 12 月 29 日 | 美国，加利福尼亚州，伯克利

“我从夏威夷给你带回来一样东西。”他说道。他刚从夏威夷希洛看望妻子回来，他妻子就住在那里。

那是一个海龟挂坠，很漂亮，上面系着一条黑绳。

“我喜欢。”我说，“我从来没见过这样的东西。”

“我就知道你会喜欢的。”他说，“我是从我家附近的一家小店里买的。那家店看似平淡无奇，但是别有一番风情。”

感恩节前夕，他在伯克利的家中办了一次家宴。我到的时候，是他女朋友开的门。

“进来。”她说。

“我喜欢你的项链。”我说道，“事实上，我也有一条一模一样的项链。”

她闻言哈哈大笑，一边拨弄着脖子上的海龟挂坠，一边说：“可以理解，你想啊，这样不知道省了多少时间啊，给两位朋友买同样的礼物。”

她轻松的言谈让我觉得她处理爱情的能力是我永远也无法企及的。项链可以批量生产，但是人心却是独一无二的。

Holy water bottle shaped as the Virgin Mary

圣母马利亚造型的圣水瓶

1988 年（两个月）丨荷兰，阿姆斯特丹

1988 年夏，我在阿姆斯特丹遇见了我生命中的一个爱情过客。他来自秘鲁，正在进行一场“乘坐火车，发现欧洲”的旅行，只是在阿姆斯特丹稍事停留。我们邂逅于佛陀迪厅。时隔不久，我们又在大街上不期而遇。接着，他就跟我回家了，在我家住了将近两个月的时间。突然有一天，他消失得无影无踪。他给我留了一张便条，向我道别，还给我留了这个小塑像，说他在秘鲁特意买下这个塑像，希望能够找到新的爱人。他并不知道我有一回打开他的包，发现里面有整整一塑料袋这种小塑像。此后我再也没有见过他。

Hamburger toy

汉堡玩具

2011 年至 2012 年 | 卢森堡，迪弗当日

他的狗留下的印迹比他还要多。

Batch of German children's books

一捆德国少儿图书

1990 年至 1994 年 | 比利时，布鲁塞尔

当然，我当时是爱她的。她是一名老师。我并不在意她给我起各种各样的绰号，我觉得那种感觉特别甜蜜。但是，当她开始给我看一些儿童读物，并在上面亲手写上赠言之后，我突然觉得这种关系是不可能持久的。

Dunce cap

呆瓜帽

2008 年至 2010 年 | 美国，加利福尼亚州，亨廷顿比奇

这顶帽子是我做给前未婚夫的。他是一个淘气的男孩，经常捉弄老师和同学们。如果他答错的题太多，就得戴上这顶呆瓜帽在角落里罚站。

虽然我们合不来，但是我有时仍然会想他。

The Tingler

简易头部按摩器

2005 年 | 克罗地亚，萨格勒布

这是一款带有情爱意味的简易头部按摩器。这种礼物我才不会还给前女友们呢。

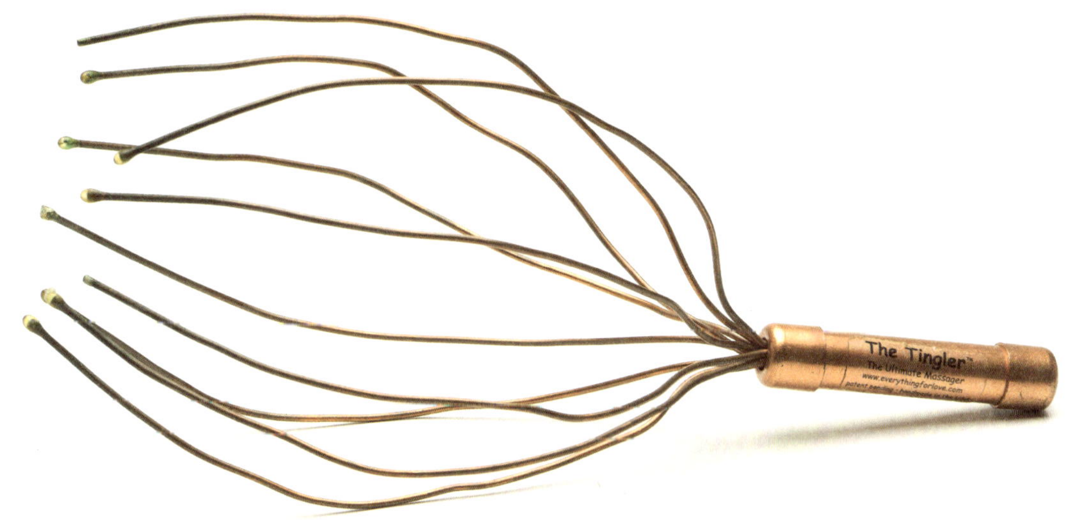

Pinocchio dick (to wear on nose)

木偶阳具鼻套

2010 年 2 月至 2015 年 5 月 | 美国，爱达荷州，博伊西

我和一个彻头彻尾的自恋狂断断续续谈了五年恋爱。他从肉体上、精神上和情感上对我百般折磨。在他因为伤害罪被捕的前几个月，有一天夜里，他的朋友带着一个意想不到的“礼物”来到了他的店里（我的前任内森是一个金属加工师 / 铁匠）。内森老是叽叽歪歪，说什么“我们长不了”，说自己老是控制不住无名火和酒瘾，经常大发脾气。

内森带着那种自恋狂的态度，跟他的朋友史蒂夫讲自己做的浑事，史蒂夫就在一旁听着。那天晚上，在他的店里，史蒂夫送了他一件礼物——一个手工木偶阳具鼻套。“内森，每一次犯浑的时候就把这玩意儿戴上。”（这是史蒂夫的原话）接着，他当着我俩的面告诉内森，每一次犯浑的时候，都要记得和我说三句话：“你是对的。对不起。我爱你。”

我不知道这个鼻套最后为什么被扔进了一个美术用品箱的最里面。最近我才找到。

（又及：最后狗也归我了。尽管它可以在艺术博物馆里泡上几个月还乐不思蜀，但我绝不允许它接连几个小时离开我的视线。）

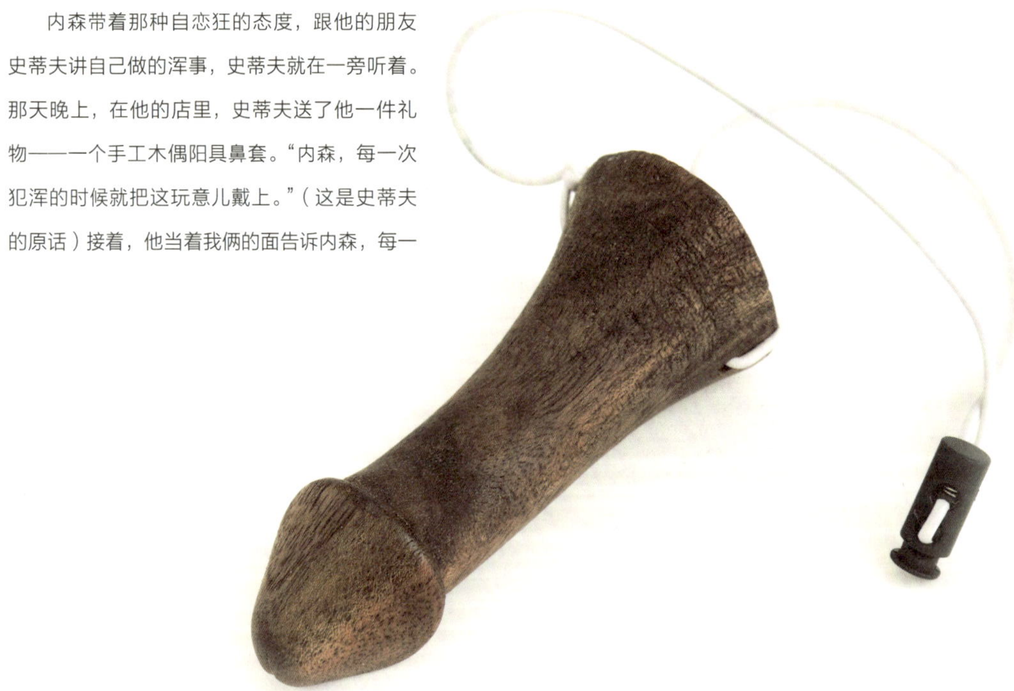

Cat collar and tag

猫项圈和名牌

两年半 | 新加坡

以前我常常把这个猫项圈当成项链戴。我把前男友的电话号码刻在名牌上，表明他是我的主人，我对他百依百顺。我喜欢猫。我的前男友也常常说我是一只猫。

Magnetic chessboard

磁力棋盘

2008 年 6 月至 2014 年 10 月 | 爱沙尼亚，塔林

中国制造

购于伦敦

走遍了天涯海角

遗忘于法国

丢弃于比利时

将军！王一旦无处可逃，就说明王被将死了，游戏就结束了。

Unopened candy G-string

未拆封的糖果丁字裤

2004 年至 2008 年 | 瑞士，温特图尔

这就是他所理解的“浪漫”：一条糖果做成的丁字裤。我差点儿笑喷了，从来没把这条丁字裤从盒子里取出来过。他从不送花给我，说花是送给无趣的人的，所以我的礼物通常是香肠或新的自行车零部件。我不在乎，因为我爱他。四年后，我才发现原来这个人和他的礼物一样贱，一样渣。他劈腿了办公室同事后，给我发了封邮件就把我甩了。

TRAPPEY'S
LOUISIANA
ORIGINAL RECIPE
HOT SAUCE
6 fl oz (177 mL)
Café Du Monde
DISTRIBUTED BY
NET WT. 15 OZ. (425g)
EL TORITO
EST. 1954
Restaurant Salsa
MILD
DANNY DUNN, INVISIBLE BOY
By JAY WILLIAMS/RAYMOND ABRASHKIN
Illustrated by PAUL SAGSOORIAN
FEATHERS
DYED & SANITIZED
EL MEXICANO
CASA Y CELULAR
$2
TRIBUTE TO DON BERNARDO

Mutually loved Davida font

双双喜爱的 Davida 字体

2008 年 10 月至 2012 年 12 月 | 美国，加利福尼亚州，洛杉矶

我和她是在一个平面设计班里认识的。在她的第一件作品中，她用了一种奇傻无比、拙劣不堪的字体——Davida。但是对于今天的我而言，Davida 字体是我最心爱的字体。她设计了一张名为“七十年代的马儿德比”（*Seventies Horse Derby*）的海报，标题部分用的就是这种字体。她觉得这种字体特别“潮”。我委婉地提出了异议。当时，我们刚认识不久。一周后，在一次城市摄影采风活动中，我们看到在帕萨迪纳有一家印第安地毯店的徽标用的也是这种字体。在她看来，那是“潮”的象征，而在别人看来，那是“印第安地毯批发”的意思。我笑了，她也笑了。“我们的字体”就这么固定了下来。

我们的感情越来越好，那段时间我们在二百多处地方都找到了 Davida 字体，而且我们发现，它那种令人难以捉摸的特性让全世界成千上万的小企业主和雄心勃勃的平面设计师都甚是困惑。是的，全世界。它出现在巴黎的咖啡馆、圣迭戈的比萨店、印度教寺庙中大象身上驮的经书、洛杉矶的五六家墨西哥餐厅、圣莫尼卡的理发店、好莱坞的泰国餐馆、纽约市的干洗店、佛罗里达州的辣酱品牌、精美的《人体解剖彩绘本》、某熏香品牌、威瑞森通信公司广告中的嘉年华……一旦它成了我们寻找的目标，成了我们的爱情游戏，Davida 字体就变得无处不在了。

虽然现在我们分手了，但是我目之所及依然是 Davida 字体，至今依然如此。只要我愿意，我可以说出洛杉矶有 Davida 字体标志的所有街道。如果我想避开这些字体，我也知道什么时候该把视线移开。我从未停止寻找。或许我还希望有朝一日我们会复合吧。或者是出于痴迷，我想弄明白为什么这种字体像爱一样，就其本质而言，既令人困惑，又有一种凝聚的力量。

Red trainers

红色运动鞋

2006 年 7 月至 2009 年 12 月 | 英国，林肯

这是他给我买的运动鞋，鞋子和他一样，既好看又迷人。但这双鞋不合脚，穿起来很痛，很不舒服，所以我只穿了一阵子就不穿了。和他一样。

White dress shoes

白色绅士鞋

时间不详 | 美国，印第安纳州，布卢明顿

她总想把自己的时尚品位强加于我。我痛恨白色绅士鞋，那是一种永远和我格格不入的文化。现在我很开心，因为我再也不用时不时穿上这双白色绅士鞋来取悦她了。

Paper flowers

纸花

2013 年 12 月至 2014 年 3 月 | 美国，加利福尼亚州，洛杉矶

我们第一次煲电话粥，居然一直聊到了凌晨 3 点钟。我原本是打算开车去当地的一家酒吧打桌球的，却始终没有踏足酒吧里面。我就坐在车上和你聊着天。“你真好！”你在电话那头说道。那时，酒吧早就打烊了。同样，我也觉得你特别好。

后来，我经常给你朗读诗歌：贝里曼、奥利弗、卡明斯的诗，我以前写的诗，我专门为你写的诗。有时，你会一下子失踪好几周。接着，我会收到一条短信：“我独自在房间里。黑漆漆的，我想你了。”那天夜里，我们第一次有了肌肤之亲。那种感觉前所未有，未来也不会再有，当然，除了和你在一起的时间之外。有时，话刚说到一半你就消失得无影无踪了。我给你打了一次又一次电话，但听到的除了语音留言还是语音留言。甚至语音留言也不是你的声音，你连自报家门这个环节都省了。

我们就这样耗着。你从来不会主动提出和我见面。我却打心眼儿里坚信你就是我的一切。你就是我的一切。或者，至少，你是我的大部分，其余部分则是我臆想出来的。

最后，我再也无法忍受你莫名其妙失踪了。我决定径直去你工作的博物馆找你。我手里捧着花——不，不，不是花。花是不会持久的。是纸花。是的。插在笔上的纸花，不仅很美，而且别出心裁。那可不是用随随便便的纸张做成的花，每一朵纸花上都写着我们分享过的诗歌，每一根花茎上都写着我专门写给你的话。

我来到了博物馆。我已经做好了准备，要么把你整个人抱起来，要么就被你断然拒绝。我觉得这两种情况都很有可能发生。只要我们知道要解决什么问题，那就没有什么问题是解决不了的。

没有一个人听说过你的名字，也没有一个人认得你的照片。我想着法子把你的名、中间名、姓颠来倒去，做了各种各样的组合，还是于事无补。

我给你打了一个电话。

“我刚下班。”你说。

“在哪儿呢？”我问道，“我就在这儿。”

你挂断了电话。

Mobile phone

手机

2003 年 7 月 12 日至 2004 年 4 月 14 日 | 克罗地亚，萨格勒布

三百个日日夜夜，太漫长了。他把手机给了我，这样我就没法给他打电话了。

"Jill, I Love You" typed in large letters on white paper

白纸上打印的大字："吉尔，我爱你"

2004年4月至2013年11月 | 美国，纽约州，纽约市

我们相遇的时候我已经成家了。我们相恋了九年。他有躁郁症，是个在演艺道路上苦苦挣扎的演员。我们相识六个月之后，他的躁狂症状发作了一次。接着，他就被送进了希腊的一家精神病医院。我离开纽约，也去了希腊。在接下来的六个月里，我陪着他一起经历了康复过程，我哄着他吃了一点儿"混合药物"。从那以后，他的病情渐渐好转了。

在接下来的七年里，都是我在支撑着那个家。他偶尔会去参加试镜，也会去打一些零工，但是，他挣的那几个钱还不够养车，车还是我买给他的。我最后强迫他找了一份餐厅服务员的工作，这样他就不用成天待在家里，也会更有信心，此外还可以稍微存点儿钱，补贴一些家用。

他和一位成功的导演推出了一个节目，节目内容是关于他们以及他们之间的关系。他们把这个节目卖了，而他在其中担纲主演。当时，我希望他能多帮助家里一点儿，这样我就能借此机会做一些我自己真正想做的事情了。他害怕了，我生气了。我们三天没有说话，然后他回到家里说要搬出去。他抛弃了我和我们的两条狗（一条9岁，另一条10岁），没有给我们留下一分一厘，也没有给我们留下一个安身之处。

他对我说的最后一句话就是："在这种感情里容不下两个投机者。"

Broken Hello Kitty key

半截凯蒂猫钥匙

2013 年 3 月至 2016 年 12 月 | 美国，加利福尼亚州，贝克斯菲尔德

我们是在城里的酒吧认识的。当时我刚满 21 岁，他比我大 15 岁。我们谈了六个月的恋爱就开始同居了。虽然家用都是我付的，但他总是说那是他的房子。我们最后一次吵架的时候，他打开了我的包，把我的一整串钥匙拿了出来，还把家门钥匙掰成了两半。这样一来，除非是他开门让我进去，否则我是回不了那个家的。

从那一天起，我就开始计划要搬出去，离他而去。这把钥匙就成了一把"开不了任何门，但可以开启我的自由"的钥匙。

White underwear with embroidered flowers

白色绣花内裤

2004年1月至2月 | 美国，宾夕法尼亚州，费城

我和初中男友分手了，因为他一直逼我和他发生关系，我不肯，他就去找别的女孩儿了。当时我才14岁，我伤透了心，这时我遇见了Y。他18岁，长得很帅。我们相遇的那一天，他在商场里忘情地吻了我。我真不敢相信他居然会选择我。

几天之后，为了避免重蹈覆辙，我在超级碗的那个星期天把自己的处女之身献给了他。我当时穿的就是这条内裤。我记得他当时说我看起来很纯，很真。

一切来得快，去得也快——我发现原来他已经有女朋友了，而且已经怀孕了。几周之后，在学校组织的性健康检查中，我被查出衣原体呈阳性，我在学校护士的肩膀上整整哭了两个小时。这件事我从来没告诉过任何人。这么多年来，我一直把这条内裤藏在我的内衣抽屉里，它时刻提醒我后来我为什么会变得那么愤世嫉俗。

Lensatic compass

透镜磁罗盘

2010 年 10 月至 2011 年 2 月 | 英国，伦敦

那场婚外情既短暂又热烈。他曾承诺要给我整个世界，于是在那个圣诞节，他送了这个罗盘给我，意味着我们将沿着共同的道路前行。我全身心地投入了那段恋情，但是换来的只是在某个星期六早晨的一句“我做不到”。那么突然，那么老套。从此之后，他杳无音信。

这是一个浪漫的信物。回首往事，其寓意大为变化且颇具讽刺意味，似乎他早就料到有朝一日我真的需要一个罗盘引领我前行。但我不需要。

Statuette

塑像

2001 年至 2010 年 | 法国，夏特

在经历了九年轰轰烈烈的爱情之后，我和前女友的感情走到了尽头。

分手后，在我的第一个生日来临之际，她送了一个自制的小陶俑给我，意思是有一个女人正在等我。她让我在找好安放陶俑的地方之后，发一张照片给她，但是此后我再也没有联系过她。分手之后，整整两年我都在南极洲的一个渺无人烟的小岛上从事科研工作。我一直在努力寻找一个可以放置这个陶俑且不会被人发现的洞穴，但是每次放好了之后，我都会再把它取出来。我很难把它一直带在身边，更难把它放在某个地方，然后忘记。所以，这个小塑像就跟着我回家了，我把它放在了家里某个隐秘的地方。但是，这并不是我为这个小陶俑规划的未来。

如果有人可以看到这个小陶俑以及它背后的故事，我一定会很自豪，也会很欣慰。

最后，我终于可以寄一张美照给它的制作者了。

Box of letters and memorabilia

一盒情书和纪念品

2006 年 5 月至 2012 年 3 月 | 美国，加利福尼亚州，南帕萨迪纳

我们总爱不厌其烦地回忆初次见面时的情景：那是一列从洛杉矶开往圣迭戈的列车，人满为患，只剩下站的地方了。一路上我们眉目传情，打趣说笑，后来我们在同一个火车站下车时，她主动提出要送我一程。

我们很相爱，也很来电。但是，美妙的蜜月期之后，我们的关系变得反复无常。我们经常吵个没完没了，经常作出永远都无法实现的承诺，希望以此来战胜酒精，战胜我们的相互依赖。

我们分分合合，有时相隔天涯，有时近在咫尺，但自从分手后，我们再也没有在同一个城市里一起生活过。

这盒信件大多是她收集的。在一场游走于暴力边缘的争吵之中，她提出要把信件都要回去。我把整摞信都扔进浴缸里，然后打开了水龙头。她突然变得温柔而伤感，拼命想把这些信捞出来。

最后，这些信还是归我了，但是，我已经无法承受这些信件之重，所以只好寄给了你们。

Concrete with initials

刻有名字首字母的水泥块

七年 | 美国，宾夕法尼亚州，匹兹堡

“我们曾是什么”并无词语可以形容，因为相关词语极为匮乏。我们在一起的那段时光里，用上了各种各样的称谓：朋友、爱人、同事、先生、太太。但是，现在没有一种称谓是适合的。它们永远都不再适用了。他仍然是那个他，我仍然是那个我。而且曾经有一段时间，我们仍旧是我们。

当时，我们一起整修了办公楼外的人行道。当时路况很糟，已经到了非修不可的地步了。一年之后，我们不再是一对情侣，工人们来了，把整个人行道全部重修了。

我想方设法留下了这块水泥，上面刻着我们名字的首字母：AC+AK。但是他的那一半丢了。

水泥块上的首字母告诉我们：字母只不过代表了对某种事物的看法而已。哪怕只有一丁点儿的干扰，它们便会消失殆尽。

Rock

岩石

十一年半 | 美国，爱达荷州，博伊西

第一次流产之后，我觉得必须把胎儿遗体埋到树林里，这件事才算有个了断。我在波格斯山谷里独自步行了四个小时，希望能找到一个合适的安葬之地。天黑之后我才走出山谷，可还是没能找到这样一个地方。后来，我把一切都埋葬在了白鸟关，还带回了这块岩石作为纪念。它让我想起了我们曾经相亲相爱的时光，也让我想起了在疗伤的过程中，我是何等的孤独。

术后的恢复过程我仍然是一个人面对的，因为他第一秒就关上了门，第二秒后便消失得无影无踪了。

Size 3 stainless steel wire ring with pink bead

三号不锈钢线戒指配粉红珠子

2001 年至 2016 年 | 美国，加利福尼亚州，费尔法克斯

当时我 17 岁。颜色是我挑的，我们还一起亲眼看着摊贩把钢线卷了起来，而我的男友则以吻封缄了诺言。后来我也有过其他戒指，但是这枚从路边摊买来的普普通通的戒指却是最诚实的一枚。他当时不名一文，却激情满满地对我许下了一切诺言。我两次远渡重洋，两度为他生儿育女，把一切都交给了他，践行着对他的承诺。但是，这一切似乎还不够。

在十五年后的新年前夕，我用颤抖的声音哀求他去嫖妓时能不能把结婚戒指摘下来，他反唇相讥，说妓女们才不会介意。在成田机场，飞往旧金山之前，我把结婚戒指摘了下来放进了包里。现在，我从盖着东京邮戳的盒子里取出了这枚小小的粉红色戒指。我最想做的莫过于放声大叫，然后把它扔进太平洋里。

Target

靶

2011年11月1日至2015年10月21日 | 丹麦，哥本哈根

这是我们还在一起的时候，前任在洛杉矶的一个射击场，用 AK-47 打过的靶。

Butcher knife

切肉刀

二十三年 | 美国，爱达荷州，博伊西

你承担起了家中大厨的角色，但是偶尔也会让我用厨房。你说我不会用刀，所以你不让我碰你那把蕴含了感情的大厨专用刀。你带我去了刀具店，买了这把刀给我，也算是一种补偿吧。

笑话，那你怎么可以既用我的刀，又用自己的刀呢？而且更可笑的是，既然你自称“磨刀大王”，为什么我家的人都知道我们的刀还是出名的钝？连西红柿或蘑菇都切不动。怪不得当时我连饭都不煮了。

现在，我有了一套属于自己的刀具。它们闪闪发光，锋利无比，而且我煮饭也特别拿手。

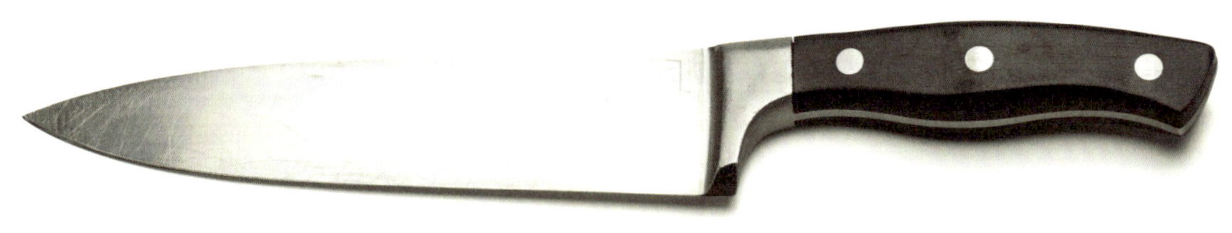

Lady Lamp

淑女灯

2010年7月至2012年9月 | 加拿大，育空，怀特霍斯

我们把能塞进车子的东西全都塞进了车子里，然后一起搬到了东部，在那里待了好几年。“淑女灯”装不下，只好和其他几件心爱之物一起搁在储藏室里。这盏灯并没有真正地属于过我，但是最后默认归我了：因为我是唯一回家的人。

Brazilian Playboy collection

巴西版《花花公子》藏书

2010 年 8 月至 2012 年 10 月 | 巴西，圣保罗

我们相恋了几个月之后决定同居。在圣保罗找房子挺折腾的，但我们最终找到了一个住的地方，搬了进去。

有那么一段时间，我们过得很开心。我喜欢和他腻在一起，喜欢情侣生活。但是没过几个月，他就开始疏远我了。我们决定分手的时候，他无处可去，所以尽管我们已经不再是情侣了，我们还是决定暂时同居一室。虽然两人近在咫尺，但内心却远隔千里。尽管我痛苦不堪，但那是我选择的方式，我要用这种方式慢慢地和过去切断联系。

但是，我可能心地太善良了，他最后搬出去的时候，我甚至让他把他收藏的《花花公子》杂志暂时放在家里。我对这个杂志本身并没有意见，但是我很好奇为什么现在还有人愿意花钱去买色情杂志？有互联网啊，男人！但是，现在我想清理空间了。我让他自己来取，而且我告诉他，如果他不来的话，我就要请回收旧书报的人上门了。

他错过了最后的期限，所以，这些《花花公子》就归博物馆所有了。它告诉我们，在面对裸照时，男人真的会变得奇傻无比！

DUMPED! animated DVD

动画片《被甩！》

1995年8月24日至2009年11月16日 | 美国，新泽西州，泽西市

我和她共同生活了十二年之后，新泽西州终于承认同性恋拥有民事结合权。我们是镇上第一对（我相信，也是唯一一对）享受这个权利的人。我们举办了一个庆祝仪式。在场的人无一不喜极而泣。我们很自豪，我和她终于可以堂堂正正地站在阳光下，受到认可了。这是人权事业的又一次胜利！

在我们分手前的最后一年，她开始迷上了肥皂剧《指路明灯》。那部剧原本已经快要停播了，但是制作方突然决定加一些同性恋的故事在里面，那就是众所周知的《奥塔利亚》——这个故事吸引了全世界大约五千名女同性恋者。粉丝们举行派对，成立俱乐部，经常在一起聚会，还会在推特上热聊。

我的前任有一个坏习惯，一旦喜欢上一样东西，就会深陷其中，所以她疯狂地迷上了《奥塔利亚》。毋庸置疑，我们的关系受到了一定的影响。最后，她通过推特，和另一个粉丝好上了，毫无征兆地离开了我。

雪上加霜的是，当时我妈妈差不多已经走到了生命的尽头，所以我只能独自面对这一切。我们是合法伴侣，所以我们得离婚，接着就是卖房。《被甩！》就是我那段经历的写照，我百思不得其解，为什么一个和我相依相伴十四年的情侣会因为一部肥皂剧而弃我而去？

Jar of spicy Amish pickles

一罐阿米什辣泡菜

2013年10月至12月 | 美国，纽约州，纽约市

这些泡菜是我买来送给我爱的第一个男人的，当时我真的这么认为。他告诉我，小时候，他经常在浴缸里写作业，我们第一次约会的时候，他还给我带了一本书。他说他爱死这些他娘的泡菜了。但我还没来得及把这些泡菜送给他，他就不回我短信了。

Divorce day mad dwarf

离婚日疯狂小矮人

二十年 | 斯洛文尼亚，卢布尔雅那

离婚当天，他是开着一辆新车来的。傲慢无比，没心没肺。小矮人飞向新车的挡风玻璃后反弹回来落在了沥青路面上。那是一个大大的圈，仿佛画出了时间的弧线——这一短暂的长弧线为我们的爱情画上了句号。

Honey bunny

甜心兔

1999 年至 2003 年 | 克罗地亚，萨格勒布

甜心兔原本要环游世界，但它始终没有走出伊朗。这不是用修图软件做的照片，是在德黑兰附近的沙漠里照的。

Comfort doll aka voodoo doll

安慰娃娃，又名巫毒娃娃

三个月 | 美国，加利福尼亚州，旧金山

在经历了一次痛苦的分手之后，亚历山大开始收集他的恋人们和与他有一夜情的情人们的衣服。在面对过去被抛弃的经历时，这位艺术家制作出了一个个安慰娃娃。哪怕只是昙花一现的亲密关系，他也希望能以某种形式永远拥有那位恋人。这让他想起了他玩活动人偶的日子，它们的一举一动完全在他的掌控之中。

The space in between

彼此之间的空间

2009 年夏至 2012 年冬 | 塞尔维亚，贝尔格莱德

当你从梦中醒来的时候，你已经不记得画面上的细节了，但是那种情绪是如此强烈，你甚至觉得那种情绪已经渗透进了你的脚趾、骨头和耳朵。和梦境中一样，天空一尘不染。极目远眺，沙滩空无一人。我们在泳池的充气皮筏上嬉闹。我取笑她，说要是把她卖给人贩子，她可能还会笨到帮我讨价还价。

我们不再克制，向彼此敞开了心扉。我和她不再矜持，恣意展示着自我，彼此之间是满满的爱。

摄于黑山沿海的阿达博亚娜岛。

Carpenter's tool

木匠工具

2009 年 4 月至 7 月 | 比利时，布鲁塞尔

让娶了老板的女儿波勒之后，继承了老板的许多工具，包括这个造型古怪的东西。虽然让擅长自己动手干活，大多数工具能用得得心应手，但是他从来没有用过这件工具。因为他实在不知道该怎么用。

波勒是我母亲，让是我父亲。他们去世的时候，殡仪员花了几天时间帮我整理父母的房子，包括地下室。父亲把继承来的所有工具都存放在地下室里。

此后，殡仪员每天晚上都会给我打电话，了解我的情况。他会捎一些新鲜鸡蛋给我，还会邀请我去他家做客，等等。殡仪员通常是不会提供这类服务的。但是，你知道吧，我父亲认为在他去世后，我没法打理好这个家，所以他就请了自己的朋友——这位殡仪员——来照看我。

他确实这么做了，而且现在依旧如此。尽管他除了是殡仪员之外，还是一位木匠，但是他也搞不懂这个工具究竟是做什么用的。

Crossword puzzle

填字游戏

从我出生至 2015 年 4 月 14 日 | 意大利，博洛尼亚

我的父亲于 2015 年 4 月 14 日去世。我一直守在医院照顾他。他总爱玩填字游戏，不过最后一份填字游戏没有做完。他风趣幽默、神秘莫测，总能给人以慰藉。就像填字游戏一样。

Film canister with small amount of ashes

装有少量骨灰的胶卷盒

1979年5月至2012年7月 | 美国，佛罗里达州，塔拉哈西

他19岁那年，妻子早逝，只剩下他和一个嗷嗷待哺的婴儿。两年后，我们相遇了。我给他年幼的儿子又添了一个弟弟，我们组成了一个四口之家。

他花了整整十年来疗伤，那十年是很难熬的。车是他开的，为此他陷入了深深的自责和悲痛之中。任何一个有自尊心的女人都无法忍受他的自我摧残，但是我真的无法离他而去。蒙主圣恩，时间与爱治愈了我们。在神的庇佑下，我们的生活渐渐走上了正轨。

我们的婚姻持续了33年，我们一起成长，期待一起慢慢变老。但是癌症在短短四个月的时间里就夺走了他的生命。他一生都是一个堂堂正正的人。对于所有认识他的人而言，他都是一个充满爱心、催人向上的伙伴。

他曾经说过，“要过有爱的人生。”他说，“我死后，请把我的骨灰装在胶卷盒里，分给大家。请朋友们把我的骨灰撒向天涯海角。”

我的环球之旅已经进入了第五个月。我送他走进了维多利亚瀑布，走进了加勒比海、亚得里亚海、地中海、印度洋、大西洋，把他埋葬在纳米比亚沙漠中的大象保护墙里，把他的骨灰撒向好望角，藏在罗马嘉布遣会地穴，在万圣节那天，把他撒向克罗地亚墓地，撒向普利特维采湖群……

你的骨灰，主人
你在夏天离开了我，告诉我
要用你来喂养大地
在我的口中
你的骨灰是苦涩的，但是在大地的语言中
是甜蜜的

New Yorker

《纽约客》

2007 年至 2012 年 | 英国，剑桥

她为一个智库撰写了一则广告：“通缉令：寻找思考者。”我觉得有人在呼唤我。在我上第一堂课的时候，她是唯一敢提问的人。我看着她，她转过头来，看到我正在看她。她的笑容既可爱，又不失俏皮。人长得也漂亮，唯独有一颗牙齿不够完美。我们都聪明过人，都不会被花言巧语所蒙蔽。

第一次约会的时候，她穿着一件粉红色的毛衣走进了我的蜗居，靴子上还沾着泥。“怎么办？”她问道。我故意逗她，跟她说把靴子在我的新丝绸地毯上擦干净就好。她真的这么做了，想都没想！她就是这种人，从来不会假客气，精力充沛、思维敏捷。我们整整三天都没有离开过屋子。

我觉得全城的人都认识她。她什么事都做过，她创建过一个非政府组织，还编辑过杂志。她认识首相、部长。我们相识的几个月之后，她加盟了一家大型新闻公司，做桌面支持。不久后，她就成了团队主管，担任首席制作人。她在后方报道，我在前方冲锋陷阵。

一所外国大学要聘用我，她同意和我一道去。出国的时候，她大哭了一场，那种感觉好比是亲眼看着新生儿离开母亲的子宫。她彷徨失措，而那都是因为我。

她带我去看了整个世界。在纽约，她带我去博物馆、餐馆，向我推荐了《纽约客》。我则教会了她拥抱——但是，那就好比追逐飘忽不定的火焰，你只能假装一切尽在掌握之中。

现在我已经习惯于阅读《纽约客》。一想到在德里、内罗毕或伦敦的某个地方，我们又分享了某个奇思妙想，我的脸上就会泛起笑容。

这是我们分享的最后一期《纽约客》。

A handmade full Monopoly set for our twentieth wedding anniversary

瓷婚礼物：全套手工《大富翁》

1987 年 2 月至 2013 年 6 月 | 英国，拉格比

为了纪念结婚二十周年，我专门亲手制作了一整套《大富翁》。我前前后后忙碌了数周时间。每一块地产在我们的生命及爱情中都具有特殊的意义。所有的“机会卡”及“公益金”都写着一小段关于我们自己的、闪烁着智慧之光的评语，也记录着只有我们才知道的趣事。十八个月之后，我们的感情走到了尽头。她告诉我，她不再爱我了，这套《大富翁》就归我自己了。做好之后，我俩总共才玩过一次——我输了。

我甩出了“出狱卡”，从此决定走出过去，不断“前进”。

Empty wooden bottle of rum

空朗姆酒木瓶

2014 年 7 月至 2015 年 6 月 | 美国，加利福尼亚州，谢尔曼 – 奥克斯

我们身上盖着酒店干爽洁白的被子，手里举着清澈透明的酒杯，喝着这种朗姆酒。喝醉了，渐渐了解了他，找到了快乐。一周后，在我的沙发上，我们喝完了这瓶酒。我们点了一整桌意大利菜。我们都喝醉了，也吃饱了，我们再一次找到了快乐的感觉。整瓶酒都喝完了，我们也爱上了对方。

The toaster of vindication

明辨是非的烤面包机

2006 年至 2010 年 | 美国，科罗拉多州，丹佛

我搬了出去，穿越了整个美国，一路上我都带着这个烤面包机。这下你该明白了。你现在要用什么来烤面包呢？

Belly button lint

肚脐绒

2013 年 11 月至 2015 年 4 月 | 加拿大，魁北克，蒙特利尔

D. 肚子上的体毛排列方式很奇怪，所以他的肚脐很容易粘上绒毛。有时，做完爱之后，绒毛汗津津的，他会抽出一片肚脐绒，粘在我的肚子上。有一天，我高潮刚过，他就停止了猛烈的冲撞，我一气之下，决定以“其人之道还治其人之身”——我把一片肚脐绒装进了一个小袋子，然后藏在了床头柜的抽屉里。

我俩总是吵吵闹闹，关系时好时坏。我时不时觉得他不像是真正恋爱中的人，但是，快乐如斯，我居然忽视了这一征兆。毕竟，他把肚脐绒给了我。

Photograph

照片

1993年至1995年 | 美国，印第安纳州，布卢明顿

我逃课和男友来到了佛罗里达湖。箭头所指的地点是我第一次在阳光下看到男人那玩意儿的地方。

Book-The Sorrows of Young Werther

书——《少年维特的烦恼》

1986 年 | 荷兰，阿姆斯特丹

我的第一个真爱是班上最受欢迎的男孩子。我胆子很小，甚至鼓不起勇气和他说话，更别说直视他的眼睛了。中学时代，上德语课的时候，我们是同桌。他已经有女朋友了——全校胸部最大的女生。

我俩都选择了《少年维特的烦恼》作为课内读物。但是，这本书学校图书馆藏书很少，所以我们决定一起看。看完这本书之后，我被歌德说服了：爱 R. 就该表白。我在第一章的相关字母下画了红线，向 R. 秘密诉说衷肠。他会把这些字母串在一起吗？

我想传递的信息大致是："R.，我爱你。如果你有同感，1 月 13 日林中小湖边见。我会等你。"那天我在湖畔等啊等，最后我终于听到远处摩托车引擎的声音越来越近。那种感觉是相互的。

几个月之后，在一次酒吧斗殴中，R. 被打了。我跳起来加入了混战的队伍。为了养伤，我在床上整整躺了两个月，而他却和我最好的朋友远走高飞了。我眼含泪水重读了《少年维特的烦恼》。我最后终于明白了什么是浪漫爱情，也从此不再怀抱幻想。

Galileo thermometer

伽利略温度计

热恋六个月 + 心碎四个月 = 十个月 | 中国，台湾地区，台中

那是发生在青葱岁月里的校园恋情。现在我把它当作纯真的爱情记录于此。

当时，我对心目中的白马王子有着狂热的想象，甚至罗列出了所有的择偶标准，我的心上人应该满足以下这些要求：

1. 高个子。
2. 古铜色皮肤。
3. 会弹奏乐器。
4. 喜欢后摇滚。
5. 尤其喜欢《天空大爆炸》。
6. 会煮饭（希望如此）。

后来我就遇见了他。他符合我所有的标准，甚至还会煮饭！而且幸运的是，这个男孩——我心目中的白马王子——也爱上了我。我们开始了一场旋风式的浪漫爱情。像所有恋爱中的女孩一样，我觉得自己就是这世界上最幸运的女孩儿！这场狂热的爱情持续了六个月。有一天，我意识到，这个符合我的每条择偶标准的男孩或许并不是一个体贴而又有耐心的爱人。或许他并不懂你。在我 20 岁生日那天，他送了这个伽利略温度计给我，装在一个破烂的盒子里——这就是我的生日礼物？！我们分手了。

从那天起，我再也不考虑什么择偶标准了。

Moroccan cedar pen case

摩洛哥雪松笔盒

2014 年 9 月至 2015 年 7 月 | 美国，弗吉尼亚州，阿灵顿

这是他送给我的最后一件礼物。

他和我分手之后，接下来那一周他去了摩洛哥看望他的母亲。我在酒吧里上早午班，他走了进来。我身穿黑色的天鹅绒 T 恤，涂着鲜艳的口红。我走出吧台去和他打招呼，觉得自己的脸滚烫滚烫的。他和往常一样，面色阴郁。他亲了亲我的脸颊，这是摩洛哥人常见的打招呼方式。那种感觉既亲密又疏远。他打开了随身携带的棕色购物纸袋，里面有一个碗，他硬说那个碗就是我的。碗不是我的，但是我还是把碗收下了。然后他说："我从摩洛哥带了这个给你。"我把手伸进纸袋，取出了这个小小的木制笔盒。他经常告诉我要写字，要一个劲儿地写，然后我就会觉得快乐了。他希望能够引领我释放出有待挖掘的艺术天赋。我的记忆里有一个深深的烙印，我的守护神就是能够让我重新书写的人。

我把笔盒握在手里，雪松很光滑。当时我有很多工作要做，还得调酒。我不记得是否谢过他了，当时我完全乱了方寸。我想过追上去，和他说一句"谢谢你"，或者说"我恨你"。我几乎要哭出来了。但是，当我打开笔盒时，我发现里面是空的。那是他情谊的最后象征。

看来我要是不写字，他是不会善罢甘休的。我把这个笔盒带回了家，拿起桌上那支我最喜欢的荧光色凌美钢笔，打开木笔盒，打算把黄色的钢笔放进去，发现大小并不合适。

Small suitcase

小行李箱

2004 年 10 月 10 日至 2007 年 4 月 19 日 | 塞尔维亚，贝尔格莱德

两年半的时间都装进了这个小小的行李箱……我就知道小行李箱足够了。

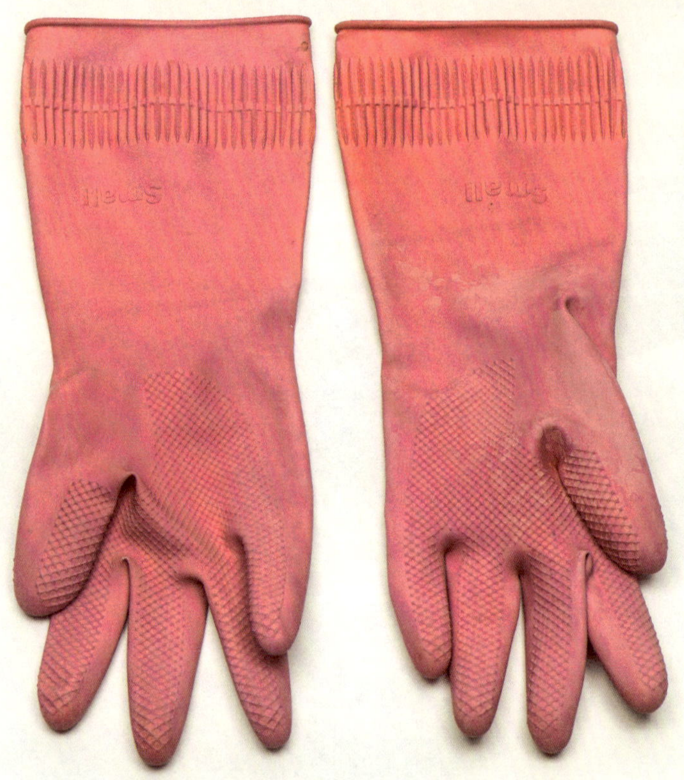

Rubber gloves

橡胶手套

四年 | 韩国，首尔

我一结婚就出国工作了。回到韩国的时候，我们和婆婆一家住在了一起，一方面是出于经济方面的考虑，另一方面是我们也说不准什么时候又得出国了。从第一天开始，我就成了家庭琐事的囚徒。如果我要张罗公公婆婆的三餐的话，那么我一整天时间都只能困在厨房里了。如果我出去和朋友们聚会，我会感到坐立不安，也会觉得内疚，所以我只能早早地回到家里。渐渐地，我完全没有个人生活了。我觉得自己仿佛成了只会做家务活的工具。现在我们终于搬出了公公婆婆家，所以我就把我在那里用的最后一副橡胶手套捐了出来，象征着我为这个家付出的劳动。

我想我终于可以过自己的生活了。

Danger spoon

“危险”铲子

2014 年 12 月至 2015 年 7 月 | 美国，加利福尼亚州，洛杉矶

在我们相遇的那天晚上，他告诉我他的外号是“危险”。因为他喜欢用木铲子煮饭，所以我给他买了这把定制的、适合左手用的铲子，上面写着“危险，制于 1987 年 1 月 7 日”（那天是他的生日）。铲子还没做好，更没来得及寄给我，他就劈腿了，然后离开了我。全新的。仍然是危险的。

Broken Donovan single

破损的多诺万单曲唱片

二十三年 | 比利时，布鲁塞尔

这张破损的多诺万单曲唱片象征着我和生命中的那个男人突如其来的分手。在经历了二十三年的风风雨雨之后，一夜之间他就变了心，抛弃了我，还要把他收藏的将近两千张唱片悉数带走。我求他留一张给我，但他以“你从来不听唱片”为由拒绝了我。继他出轨之后，这种卑鄙自私的回答又一次像无情的利刃一样刺伤了我的心。在搬家货车到来之前，我抓起多诺万的单曲唱片《五颜六色》——最后一句歌词是“不去想那个时候，那个我被爱着的时候”——直接把它摔裂了。

Pandora's box

潘多拉之盒

六个月 | 英国，绍斯波特

据说希腊神话中的第一个女人潘多拉有一个盒子……盒子里装着世间所有的邪恶。我的盒子不同，里面只装了一条安·萨默斯裤子。但是，我敢向你保证，这条裤子一样很邪恶！潘多拉打开盒子时，所有的邪恶便散布了人间。我撒向人间的邪恶则是要和一个不可理喻的女人建立一种合乎情理的关系。在潘多拉的故事中，盒子里剩下的是希望。而让我开心的是，我打开这个盒子时看到我们已经没有任何希望可言了。我只看到了潘多拉的裤子，而我不想再看到这条裤子了。

Wedding rings

婚戒

七年丨德国，贝吉施－格拉德巴赫

这是我们举行世俗婚礼时用的戒指。戒指中间镶嵌的金色波浪代表着流淌的生命以及为彼此留出的空间。两枚戒指上都镌刻着“爱、力量、勇气”三个词，那些都是我们迫切需要的东西。

那是在 1998 年，当时我还是一个单亲妈妈。我带着两个儿子搬进了一幢小房子，那时候我们家终于有钱买了第一台电视。我是个技术盲，没办法，我只好请当地一家电器店的店员到家里帮忙。那个店员很和气，此前我们也见过几次面。他说下班后会顺路到我家看看。一想到儿子们很快就有电视看了，我高兴坏了。所以，他来的时候，我欢天喜地地开了门。我们一起喝酒，一起开怀大笑。夜深了，他才开始调台。我对技术一窍不通，所以当他说调台需要很长时间时，我也深信不疑。几个小时过去了，我在沙发上睡着了，而他就站在沙发前……从那以后我们就成了一对儿。其实电视本身有自动调台的功能，但是因为他对我一见钟情，所以就找了个理由和我多待一会儿，后来每次我们一说起这事儿就会开怀大笑。

我们一起度过了几个月的甜蜜时光。后来，我得了重病，医生告诉我时日不多了。在我们婚礼当天，我几乎无法自行站立。结婚头两年，我一直卧床不起，还叫过好几回救护车。那段日子很艰难。后来丈夫帮我找了一位医生。那位医生说我还有一线康复的希望，接着我便经历了一个痛苦的治疗过程。我前后得打六百针。丈夫把打针的事全都包揽了下来，这样我就不用折腾去医院了。最后奇迹真的出现了！我开始慢慢恢复生机。每每看到我的身体有一丁点儿的恢复，我们总是会喜极而泣，我们对美好的未来也充满了憧憬。

最后，终于有一天，我可以自己穿衣服了。我唱着欢快的歌曲，兴高采烈地跑下了楼。而就在那一天，我在餐桌上看到了他留给我的一封告别信。

时至今日，仍有许多未解之谜萦绕在我的心头。

Transplant caretaker manual

移植护理手册

2015 年 2 月至 2016 年 2 月 | 美国，俄亥俄州，阿克伦

我最好的朋友患了囊性纤维化。当时我们谈了差不多一年的恋爱，其中有一半的时间他都在等着做双肺移植手术。2015 年 1 月 20 日，他得到了新的肺。两周后，他和我分手了。我很高兴，因为他重获新生。我也很伤心，因为他的生活里不再有我了。

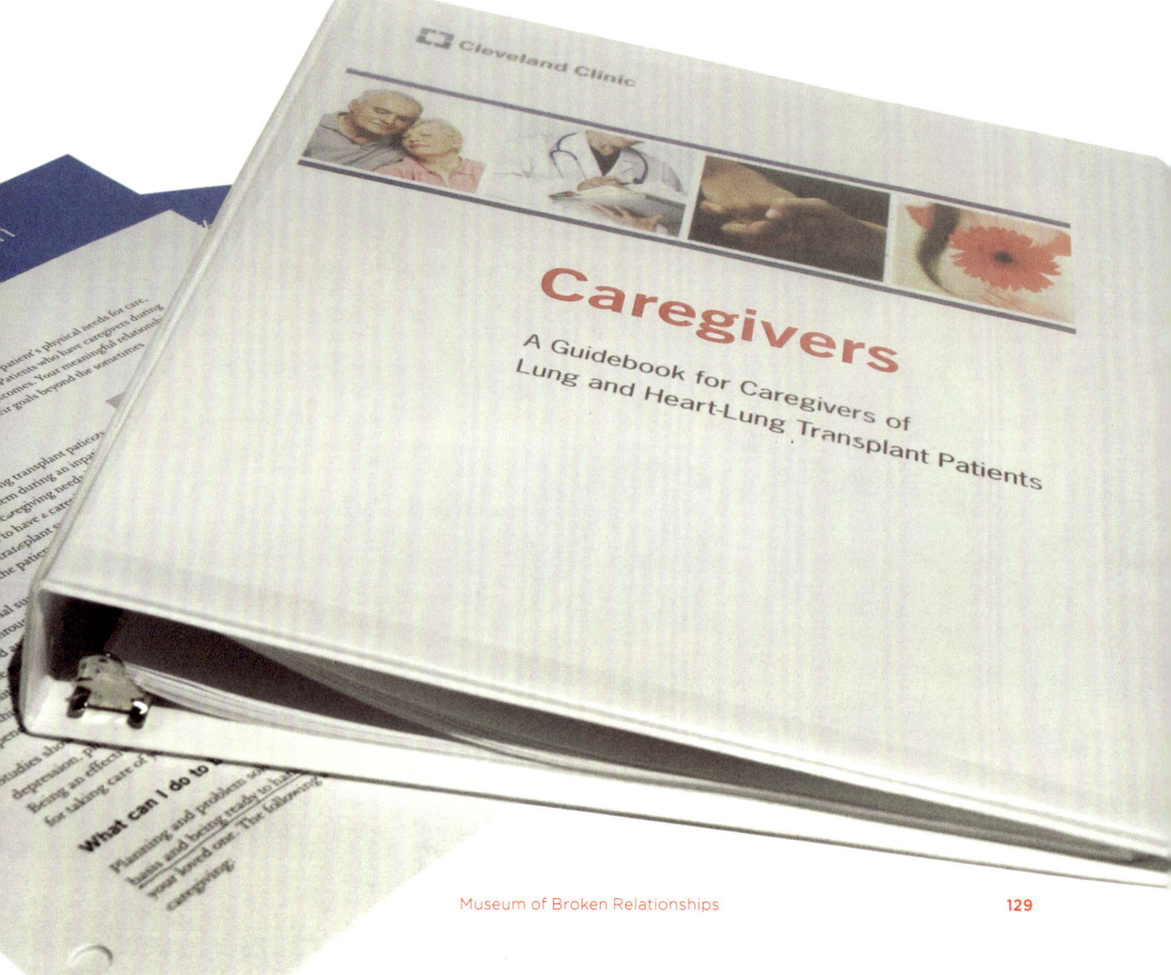

Very old red racing bike

红色旧公路自行车

十六年 | 比利时，埃特尔贝克

他把车留在那儿……给我，那辆快散架的公路自行车。

他给自己买了一辆新车，

在他的“新生活”里已经容不下旧车了……

我打量了一下旧车，试了试，

买了骑行专用鞋。

为了驱散低落的情绪，我环绕着帕尤藤兰德飞快地骑行。

上一周，我买了一辆新车，心想真见鬼，

像我这样一个自由自在的单身女性也用不着那个老破烂玩意儿了……

达妮埃尔，63 岁。

"Mejor Sola Que Mal Acompañada" tile

“与其与恶人为伍，不如孑然一身”瓷盘

1987 年 8 月 29 日至 2004 年 12 月 4 日 | 美国，得克萨斯州，休斯敦

结婚十八年后，丈夫和他 26 岁的女同事私奔了。之后不久，我就去墨西哥蒂华纳定制了这个瓷盘。它每天都会提醒我“与其与恶人为伍，不如孑然一身”。从那以后，我独自把两个儿子拉扯大，并且获得了非营利组织领导力专业硕士学位。现在我把这个瓷盘捐出来，是想激励失恋的人们，希望他们重新鼓起勇气，奋发向上。

Intimate shampoo

情趣香波

1995 年至 1996 年 | 克罗地亚，斯普利特

失恋后这瓶香波被老妈拿去擦玻璃了。她说效果真是太好了。

Wedding veil

新娘头纱

1978 年至 1983 年，1988 年至 2012 年 | 美国，爱达荷州，博伊西

我在 20 岁那年成了新娘。第一次在教堂里戴上这顶头纱的时候，我觉得神圣无比。年轻时的婚姻往往不会持久，但是也没有很失败的感觉。颇具讽刺意味的是，我第二次戴上头纱已经是三十年后的事情了。我和第二任丈夫重温了结婚誓言，那天的主婚人把自己打扮成了猫王。走出“小教堂”时，丈夫金光闪闪的大头皮鞋踩上了我的婚纱。我一边拉着裙摆一边骂，头向后仰着，而他完全不知情。最后我好歹把拖裙从他那 12S 号的大皮鞋底下拽了出来。他看不到我，也感觉不到我——那就是我们婚姻生活的真实写照。这场婚姻更持久，我们还生了孩子，但是一样没能善终。感觉那就是一次失败。收下这顶倒霉的头纱吧。

Slice of watermelon or ... ?

一片西瓜抑或是……?

1986 年至 2004 年 | 马其顿，斯科普里

激情，激情，爱，梦想，友谊，支持，

达米扬，爱，爱，真正的生活。

真正的生活，激情少了，爱少了，友谊少了，

“我们”少了，更多“我”和“我”。

两个平行的世界，两条平行的路。

西瓜抑或是幻想？或者两者兼而有之？

平行线永远不会相交。

我很幸运，那个夏天，我拥有达米扬，享受着真正的西瓜。

如今幻想已经消散。

平行线永远不会相交。

Transparent box with a stone collection inside

装着石头的透明盒子

1992 年至 1997 年 | 德国，海德堡

过去我们经常在吕根岛海边散步，甜蜜而浪漫。这些石子就是我们在海边拾到的，其中有一块箭石目化石，代表了我对永恒的跨洲之爱的期待……

Texas license plate

得克萨斯车牌

2007 年至 2010 年 | 美国，加利福尼亚州，洛杉矶

我跟随一个男孩去了得克萨斯州。

得克萨斯州！

美国中部。

此前我一直生活在海边——我憎恶得克萨斯州，憎恶它带给我的心境。

最后，我沿着 I-10 号公路一路向西，直到再次回到沙滩为止。我离开了。

带着一块车牌。

1950s bag floor lamp, a little ragged and burned

稍有破损的 20 世纪 50 年代筒状落地灯

五年半 | 瑞士，巴塞尔；德国，多特蒙德、汉堡、波鸿和杜塞尔多夫

这是一盏 20 世纪 50 年代的筒状落地灯，是我最好的朋友送给我的礼物。她在巴塞尔市集大厅跳蚤市场买了这盏灯之后，通过火车货运，运到多特蒙德给我。当时我还住在那儿。结果这盏灯成了我舞台表演中的一个重要布景，甚至有了自己的名字——热特吕德。无论我走到哪儿，这盏灯都会跟到哪儿，甚至舞台也不例外。我有很多照片，背景里都有热特吕德，要么立在停车场里，要么立在前往表演目的地的列车上。在杜塞尔多夫拍的一张昂贵的照片中，它甚至成了画面的中心——这盏落地灯有自己的舞台个性。它甚至还有自己的日记“热特吕德在发光——一盏落地灯的日记”。

但是，我当时的朋友好像不希望老是活在这盏灯的阴影下。有一天，我在互联网上的色情图片中发现了热特吕德的身影。照片中交缠在一起的身体看不到脸，但是背景里有我的落地灯。我意识到，这个赤身裸体的男人就是我当时的男朋友，因为我曾经把这盏灯寄放在他那里几周时间。

现在这盏灯和这段旧恋情真的把曾经最美好的时光抛在了身后。

Pay phone receiver

付费电话机听筒

2014 年 2 月至 2015 年 2 月 | 美国，加利福尼亚州，格兰德特勒斯

我爱上了一个瘾君子。

我发现他疯疯癫癫的举止居然魅力无穷。

有一天，他送给我一件礼物——一个电话机听筒，还连着电话线。

那是前一天夜里，他在埃科公园从一个付费电话上扯下来的。

当时我不在场。

A side-view mirror

后视镜

1983 年至 1988 年 | 克罗地亚，萨格勒布

有一天晚上，他的车子一不小心停在了“错误的”房子前，为此他付出了代价：后视镜不翼而飞。后来我觉得挺抱歉，毕竟车子并没有错。雨刷也遭了殃，不过因为雨刷的材质特别结实，所以没掉下来。第二天，这位“绅士”回到家时，跟我讲了一个天方夜谭，说有几个混混儿扯掉了他的后视镜，还折弯了雨刷。实在是太搞笑了，我差点儿没忍住全招了。但是，由于他一直没有告诉我那天晚上他到底去了哪儿，所以我也没有把真相告诉他。从那天起我们的感情也开始走向了尽头。

Barbara la Marr.
344.
667

Two old picture postcards of silent-era film stars, torn to pieces

两张撕成碎片的默片时代明星旧照明信片

十三年 | 芬兰，赫尔辛基

震惊之余，我跌坐在家中大厅的地板上。我刚刚给丈夫发了一条信息，让他马上回家。我意识到，毋庸置疑，一直以来他在外面都有女人，一直以来他都在骗我。我坐在地板上干等。我突然有股冲动，想砸烂某一样属于他的东西。我挑了一个塑料做的小东西，一个既不值钱，也没有任何情感意义的东西，但至少是他的东西。我拿起厨房的剪刀，开始剪那个小物件。过了一会儿，他气鼓鼓地走了进来。接着他就看到我坐在地板上，剪他那个一文不值的塑料玩具。他从我看他的表情中发觉我已经知道了事情的真相。

看清楚我在做什么之后，他径直大踏步地走向我的梳妆台。很多年前，我在梳妆台上贴了两张很古老的黑白照明信片。那是我在波尔沃的一家二手书店里买的。明信片上是两位美国默片时代的电影明星，一位是芭芭拉·拉玛，另一位是约翰·吉尔伯特。我觉得这两张明信片特别好看，就买了下来。后来我上网搜索他们的信息时，发现这两位演员在谈恋爱时也是吵吵闹闹的。天下居然会有这么巧的事？一想到这儿，我丈夫和我总是会开怀大笑。他也觉得这些明信片特别好看。但是，现在他居然当着我的面把这些明信片撕了。可能是谎言被揭穿之后，他恼羞成怒了吧。

我从来没有对他撒过谎。

Diamond ring

钻戒

2010 年至 2012 年 | 美国，加利福尼亚州，阿卡迪亚

他撒了谎，她却信以为真。

GPS

2004 年至 2011 年 | 美国，亚利桑那州，坦佩

他离开我去参加和平队之前，给我买了一辆车，还送了这台 GPS 给我，说是这样一来我就不会迷路了。他说这些就权当是他送给我的订婚戒指吧。后来，车子全毁了，就不再属于我了。而这台 GPS 则一而再，再而三地把我导航到错误的地点。

我最近才发现，他在和平队里又找了一个新欢，正在筹备婚礼呢！

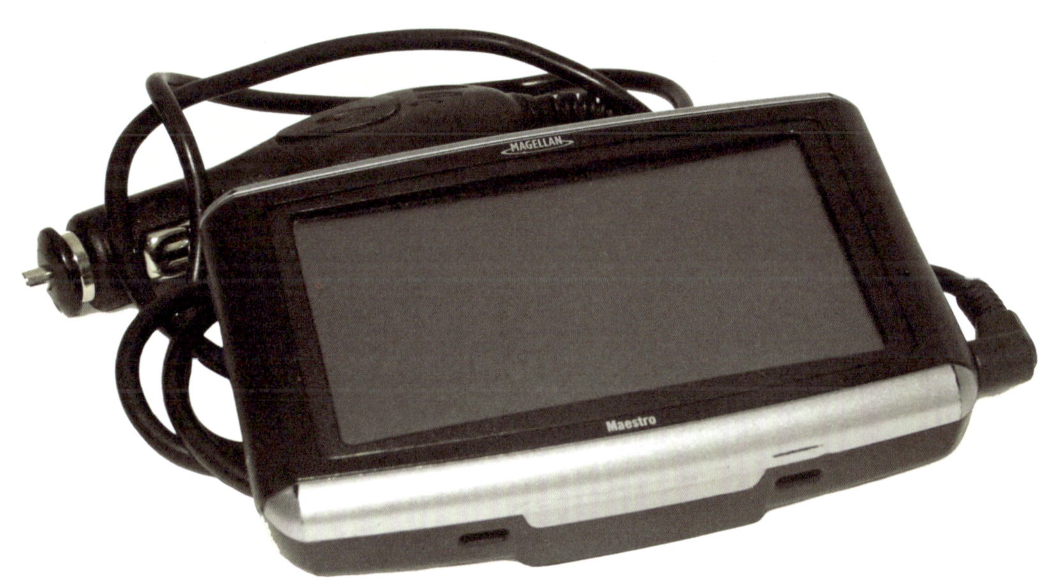

Cross-training gloves

交叉训练手套

2011 年 9 月 22 日至 2013 年 10 月 30 日 | 墨西哥，墨西哥城

我们认识一年后，我开始减肥，成天和一群热爱健身的伙伴混在一起。一开始是游泳，接着是利马喇嘛武术。我的前男友很支持我参加这些体育运动。有一个身强体壮的女朋友，他颇感自豪。我开始做循环交叉训练——一种部队训练法，其中包括杠铃训练。一开始我还不是特别适应，手上长满了硬茧。我们一起去体育用品商店，他给我买了这副交叉训练手套，用来握杠把。运动多了，我信心大增，身材也更好了，健身和运动占用了我很多时间，这点燃了他心中的妒火，也给他带来了一种不安全感。

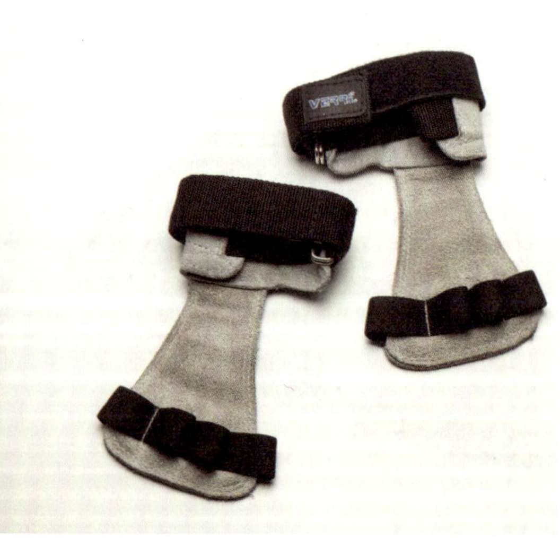

有一天，在他家，他逼问我是否有了别的男人，是否有和别人约会。“没有。”我说，“劈腿的人是你。”他说：“是的。”刚开始，我只是一味地哭，但是后来他开始撒谎，编造出各种借口，我站起来甩了他一巴掌。一下。两下。打到第三下的时候，他的一颗牙齿飞了出来。我顿时手足无措。我只是一时肾上腺素爆棚而已，我吓得全身发抖，连声道歉。我们去了三家医院，想看牙医，但都找不到。我给我的牙医打了电话，他建议把前男友掉下来的牙齿放回原位，这样伤口才不会合上……自那之后，我见过前男友两次。他戴上了牙套，以固定住牙齿的位置。我承诺过医疗费由我来出，但是因为我气不过，所以根本无法践行诺言。我的牙医告诉我，他的那颗牙齿长残了，因为他烟瘾太大。（我前男友的姑姑是牙医，所以我希望看牙的费用不会太高。）

我只记得在那一周的循环交叉训练中，我居然连续举起了七次杠铃。拳击也很棒。但是，挥拳并没有让我的心情好转，我知道自己不会再练拳了。我们没有复合，但是现在我能连续举起十次杠铃，还学会了攀绳。

Pepper spray

防狼喷雾

2014 年 | 加拿大，育空，怀特霍斯

波尔基给了我这罐防狼喷雾，以备不时之需。一个战无不胜的人从自己的工具袋里取出一件武器送我，真是令人无比激动啊！但是，我无法把它带出国。我在国外旅行的时候，我们的关系也结束了，我再次变回了那个容易受伤的小女孩。

Wisp of hair

一绺头发

不到两个月丨马其顿，斯科普里

这是一段短暂的恋情，同时也是一段尤为艰难也尤其疯狂的恋情。我一度陷入了完全疯狂的境地……我剃光了头发。有很长一段时间，我的头上没有一绺头发，也没有一个人爱我……但我很快乐！

Lock of hair

一束长发

1990 年 6 月至 1999 年 10 月 | 墨西哥，墨西哥城

我 20 岁那年，爱上了恩里克。他是一个很出色的人，比我大 33 岁。这个故事，我们的故事，是一个关于真爱的故事。年龄差异不是问题，亲朋好友赞成也罢，反对也罢，都不是问题。我们深爱着对方，我们一起度过了九个精彩的年头，分享过许许多多快乐的时光。

这段恋情因为自然原因戛然而止。他于 1999 年 10 月 2 日过世，还有两天就是他 62 岁的生日。遇见他之后，甚至在他死后，我无时无刻不在思念他。我的心碎了，但是生活还要继续。

在恩里克忌辰十周年（2009 年）之际，我在悲痛中剪下了一束秀发。为了让恩里克得到安息，请接受我几年前剪下的这一束长发，尽管我仍然无法剪断我对恩里克的爱。

没有你的第一个十年。

1999—2009 年

Kickboxing gloves

跆拳道拳套

2014 年至 2016 年 | 克罗地亚，杜布罗夫尼克

这一轮打得很好。挥拳、汗水、冷、热，所有重量级的对手我们都见过了。这副拳套应该退休了，新的拳套还会继续征程。这是一段美好的恋情。我们培养了许多人，也给许多人带去了希望。我会很想念这副旧拳套的。但是，与其把它们扔了，不如捐出来，赋予它们全新的意义。这是一个女孩儿留给我的最好纪念。这副拳套原本只是和在她的训练中用的，只为她一个人。然而，对她而言，似乎并没有效果。但是这副拳套于我而言则创造了奇迹。它们一直跟随在我左右，直到打破的那一天为止。

Red wig

红色假发

2007 年 7 月至 2008 年 3 月 | 美国，纽约州，纽约市

我的前女友把我留在公寓里的衣服和 CD 寄还给我的时候，还寄来了这顶我从未见过的假发，而且没有附上只言片语。我只能假设那是在我们分手以前就买好的，可能是为制服诱惑准备的吧？

Broken riding crop

破马鞭

2015 年 12 月 15 日至 2016 年 3 月 16 日 | 美国，加利福尼亚州，洛杉矶

我是主，他是仆。有一回，我们在玩主仆游戏时，马鞭断了。我一直觉得这根马鞭象征着我破碎的心灵。我之所以结束了那段感情是因为我爱上了他，而我知道他永远都无法回报我的爱。

Garter belt

吊袜带

2003 年春至秋 | 波斯尼亚和黑塞哥维那，萨拉热窝

我从来没有系过这条吊袜带。如果真的系上了，这段感情可能会长久一点儿。

Red shoes

红色高跟鞋

两年 | 法国，巴黎

他在巴黎皮加勒红灯区的一家情趣店给我买了这双鞋子。

Jim Beam Zippo lighter

占边芝宝打火机

断断续续持续了一年半 | 美国，宾夕法尼亚州，匹兹堡

第一次看到他用这种打火机点烟的时候，我真想在他的喉咙上狠狠揍上一拳。真是令人难以置信地做作、自大、恶俗啊！我按捺住自己不安的心，因为这颗心一个劲儿地想爬出胸腔，贴近他的手掌。我觉得自己心目中的迪恩·马丁就站在面前。很快他脸上露出了笑容，双唇之间酷酷地叼着一根刚刚点燃的香烟。焦虑不安的时候，他会把手插进兜里，把玩着打火机，直到有一天他握住了我的手。

他的家人搬走了，只留下他一个人收拾残局。我们在空荡荡的房子里，在盒子垒成的城堡中，在铺着床垫的地板上，度过了我这一生中最愉快的一个周末。我们一起去吃饭，一起去我们最喜爱的酒吧，在彼此的爱抚中达到了高潮。不知道是因为吸了他的二手烟，还是因为他那咖啡色的眼睛在我的每个毛孔上都留下了痕迹，我觉得自己的肺被刺破了，只要一触碰到他凝视的目光，我整个人就会无法呼吸。

星期一的早晨终于还是来了。他爱抚着我，手指穿过我的秀发。我们就那样躺着，躲避着马上就要到来的世界末日。屋里安静得令人窒息，我所能听到的只有香烟燃着的声音。这对我来说不啻于一颗定时炸弹，因为我知道，从烟头掐灭的那一刻起我们就要天各一方了。我们站了起来，穿好了衣服。我们该说的话都说完了，剩下的就是面对现实，无言对望。过了十秒，我们都哭了，我们紧紧地拥抱在一起，绝望地热吻着。他一边说着再见，一边把玩着打火机，然后跪到了地上，抱住了我的臀部，一言不发地把打火机塞进了我的后裤兜里。

我希望他无论身处何方都能得偿所愿，都能成就一番事业。我们彼此承诺从此不再联系，因为藕断丝连只会给彼此带来无尽的煎熬。我不抽烟，不过，我偶尔也渴望看到浸透着尼古丁的笑容。

Russian condoms

俄罗斯避孕套

一年 | 美国，印第安纳州，布卢明顿

女朋友从立陶宛给我带回了一些俄罗斯避孕套。不过，我从来没和她用过，也没和其他人用过。

Modem for Commodore 64

Commodore 64[1] 的调制解调器

1988 年 6 月至 12 月 | 克罗地亚，萨格勒布

小学六年级的时候，他转学到了我所在的班上。我们一见钟情。我们眉目传情，嬉笑玩闹，一直到小学毕业。有一小段时间，我们甚至还是同桌。小学毕业后，我们有好几年没见，因为他去了另一座城市上学。

然后有一天，在高中即将毕业之际，他突然又走进了我的生活。我们一起度过了美妙无比的六个月。当时，我已经上了大学，而他正准备前往加拿大。

他原本只计划在加拿大待几个月，但是迄今为止，我们已经二十四年没有见面了。离开前，他送了这个调制解调器给我作纪念。那是他在我们同班，甚至有可能是同桌期间制作的。

20 世纪 80 年代，他还因为这个获得了全国少年科技奖二等奖。现在，那已经是上个世纪的事儿了。

1.Commodore 是与苹果公司同时期的个人电脑公司，Commodore 64 是吉尼斯世界纪录上销量最高的单一电脑型号。——译者注

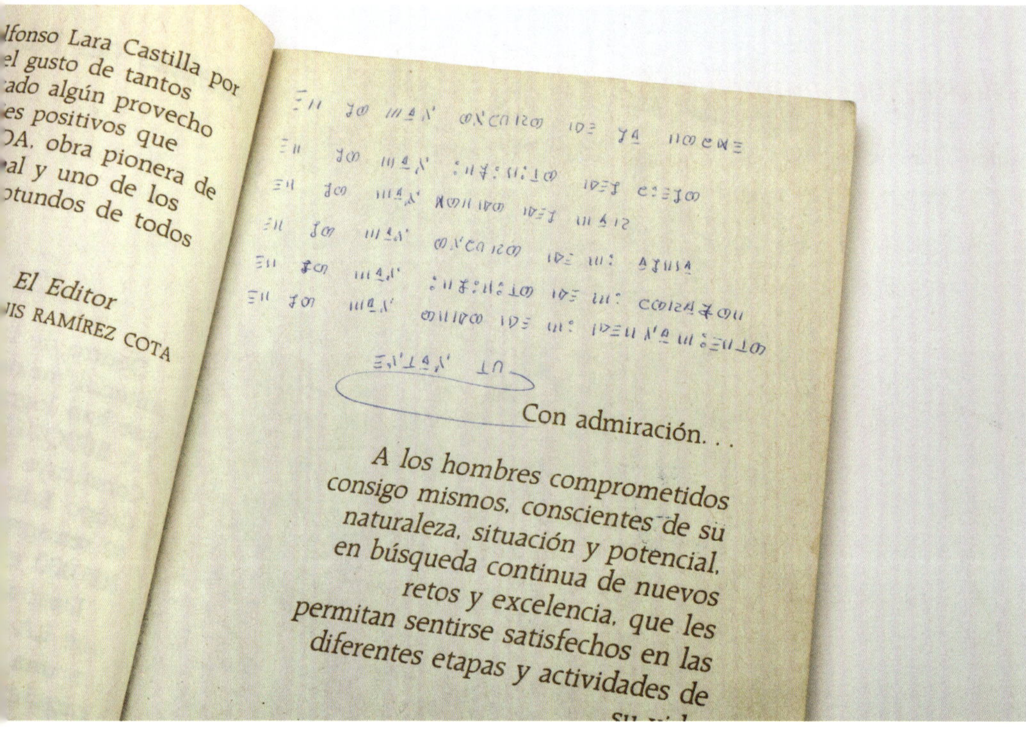

Book

书

1984 年至 1986 年 | 墨西哥，墨西哥城

这本书是一个男孩子送给我的，过去他常常和我一起走路上学。当时，我还不到 13 岁，他可能就比我大 1 岁。我喜欢他，但是他病了，需要隔离，我见不到他了。为了方便联系，我们制作了一个字母表。于是，我们就开始用这个字母表给彼此写信。

爸爸妈妈不允许我们通电话，我们只好请他妈妈帮忙传信。在这本书里，有一首他写给我的诗，用的是我们自己的字母。从那以后，我再也没有见过他，因为我们所在的社区的教徒们禁止我们在一起。他们威胁说，如果我和他有违教规，做出苟且之事，他们就会公之于众。他不想玷污我的清誉，所以我俩就断了联系。

他通过脸书再次找到我的时候已经是二十五年以后的事儿了。我们再次见面的时候，彼此情谊与爱意依旧。但是，一切都已经于事无补了。他已经订婚了。

Little rubber piggy

橡胶小猪

2012 年 2 月至 2013 年 1 月 | 以色列，耶路撒冷

我俩在美国做交换生期间，他送了这只小猪给我。一切皆源自一个玩笑：培根是他的大爱，而我因为文化传统的缘故，从来不碰培根。

在许许多多相依相守的夜晚，我们总是腻在家中，一起喝酒，一起煮饭。我们爱着对方，也会惹恼对方。我们用彼此对家庭的记忆和最爱的美食滋养着对方。

我们的习俗和穿着大相径庭，我们的饮食也迥然不同，因为我们一个来自以色列，另一个来自丹麦。但是，我们又是那么相似。

我们爱着彼此，那么纯粹，那么深情。我们欣赏着彼此的不同，我们深知那正是我们的魅力所在。我们想象着未来我们也会有自己的孩子，那种感觉就像是赢了彩票似的。但是，对于我来说，要改变自己人生的道路太难了，父母会因此伤透心的，他们只希望我和一个犹太男孩儿快快乐乐地过一辈子。

我作出了一个错误的决定，但那个决定并非完全是我作出的，也不是我有意作出的。

现在我已经 27 岁了。和一个蹒跚学步的孩子一样，我正在学习“我的人生我做主”。直到现在我才明白，原来坠入爱河可以改变我的命运！对此，我心存感激。

或许我的转变对于那么好的一个人而言已经为时过晚，但是我知道改变永远都不迟。我想让你们看一眼我的小猪，了解一下我们的故事。我希望我们所有人都能鼓起勇气，自己做主，并坚守自己作出的决定。

我将永远追随我的内心！

Postcard

明信片

时间不详 | 亚美尼亚，埃里温

本人，女，来自亚美尼亚首都埃里温，今年70岁。这张明信片是很久之前邻居的儿子从门缝里塞进我家的。他爱了我整整三年。

根据古老的亚美尼亚传统，他的父母要到我家里来提亲。但是，我的父母不同意，说他们的儿子配不上我。

他的父母非常失望，怒气冲冲地走了。

就在那天晚上，他们的儿子开着车，冲下了悬崖。

犀牛

五年零七个月 | 德国，丹斯塔特－绍埃尔恩海姆

亲爱的斯特芬：

犀牛是我们这个星球上最古老的动物之一，也是一种濒临灭绝的动物。

我们的爱也是如此。从一开始，我们就做得不够，不足以让我们的爱生根发芽。我们把爱置于危险的境地，置之不理，既没有好好保护，也没有好好留存。你的周围是无人能够逾越的城墙与沟壑。这重重阻碍对于我们这个物种的威胁并非虚张声势——我们死定了。

或许爱是濒临灭绝的物种吧？我希望人们能够尊重和保护这种特殊的情感以及那些能够让人萌生爱意的人……或许我们每一个人都应该为“保卫爱情国际组织”（Love Protection International）效力。

“我们对自我的估计错了。这是一个美好的时代。”

——约翰·沃尔夫冈·冯·歌德

Two figurines

两个小雕像

十年 | 爱尔兰，都柏林

这两个小雕像代表我的两个孩子。现在她们已经三十多岁了。

20 世纪 80 年代，我心碎英格兰。我再也无法忍受丈夫的火暴脾气。大女儿成了出气筒，而我必须承担起保护孩子的责任。在一个冬夜，我们在丈夫不知情的情况下漂洋过海来到了爱尔兰。除了身上的衣服，我们一无所有。但具有讽刺意味的是，最心神不宁的是大女儿。她很难接受“抛弃爸爸”的事实。

几年之后，我们已经适应了新的生活。我买了两个小雕像，来纪念那两个甜美的小姑娘。大女儿喜欢给爸爸写信，小女儿喜欢针织……注意到了吗？小雕像的底座上刻着几行字“祝您冬日温暖舒心”和“他不曾忘记我们”。虽然我丈夫的臭脾气从来没有改掉，但两个女儿仍然牵挂着父亲。

Ceramic rolling pin

瓷擀面杖

从出生到 1981 年（六年）丨英国，贝德福德

有关母亲所有有形的记忆不是被烧了，就是被扔了或埋了。最令人难过的莫过于从此没有一个人再谈起过母亲。所幸的是，这根瓷擀面杖在当时那疾风骤雨般的震怒和情感清洗中幸存了下来。除此之外，我别无他物。在过去的那些年里，每一次搬家，我总是会把这根擀面杖小心翼翼地包起来，放好。

这是我的牵挂之物。有了它，我就会想起小时候和妈妈一起在厨房里做姜饼人的情景。强烈的记忆唤起了当时那种真挚的情感和回忆，厨房的气息，妈妈的气息，那种包容的感觉，快乐的感觉。

2010 年 10 月，我终于和妈妈重逢了。

把这根瓷擀面杖捐出来意味着我不会再纠结于过往了。现在，我可以继续我的生活了。

“让美好时代的车轮滚滚向前吧！”

Collection of various strands of old barbed wire

一束束带刺的旧铁丝

1993 年至 2007 年 | 美国，科罗拉多州，科尼弗

这些带刺的铁丝是我父亲的。父亲曾以拾废品为生，他把这些带刺的铁丝捡来放在了我在科尼弗的车库里。这是他留下的为数不多的东西之一。他不是一个好父亲。他从来没有照顾过我们，也没有过问过我和兄弟姐妹的生活。自从 2007 年我父母离婚以后，我就再也没有和他说过话，将来也不会和他联系。我和父亲从小就没有感情，我也不想再做那种可怜兮兮、伤心欲绝的小女孩儿了。

Souvenir

纪念品

十三年 | 英国，林肯

这件纪念品来自我这辈子度过的最好也是最坏的一个假期：1997 年的迪士尼世界之旅。

你站在入口处，信誓旦旦地说将来还会带我回到这个地方。妈妈说，既然作出了承诺，就一定要兑现。

你为什么要抛弃两个年幼的女儿呢？我百思不得其解，但我已经放弃了，不去想了，因为我知道，无论你怎么解释，我都不会原谅你的。

谢谢你带给我的所有教训，谢谢你赋予我的力量——尽管你可能只是无意而为之，尽管你并不在场。

KÖLN
KREUZGASSE 16
AUFN.:
DAT.

Shellac record, 1942

虫胶唱片，1942 年

20 世纪 40 年代 | 德国，科隆

父亲从小就立志要成为一名歌剧演唱家。他15 岁时就已经开始接受声乐训练，参加歌唱课程了。1942 年，18 岁的他演唱并灌制了一张舒伯特的艺术歌曲《阿德莱德》的唱片送给他的初恋女友。随后，他被迫参战。在战场上，他身负重伤——榴霰弹弹片刺穿了他的喉咙，毁了他的声带。谢天谢地，在被英国人俘虏期间，他痊愈了。但是，父亲的声带就此毁了，歌唱家的梦想也破灭了。雪上加霜的是，在他退伍之际，发现女友已经移情别恋。

后来父亲遇见了母亲，双双坠入爱河并步入了婚姻殿堂。他们生儿育女，白头偕老，至死不渝。父亲的初恋女友过世后，她的儿子把这张唱片交给了我。她一辈子都珍藏着这张唱片。

Small deer made of bamboo

竹制小鹿

两年 | 美国，加利福尼亚州，旧金山

我有一个朋友，名叫泰勒·安东尼奥·蒙泰莱奥内。他在内华达州里诺长大，后来参了军，在伊拉克和阿富汗待了四年。退伍后，他在内华达大学里诺分校拿了一个林业学位。他生活在城郊，喜爱植物，喜爱恶作剧。在火人祭有限公司公共工程部任职期间，他爱上了一个女人。他们在里诺生活了几个月之后，他的女朋友为了完成学业，决定重返东海岸。

女朋友离开的那天，他和朋友们去了沙漠。一整天他都狂躁不安。他的创伤后应激障碍不时严重发作，已经连续好几周了。每一次，他的女朋友都得坐在他身上，摁住他，才不至于让他自残。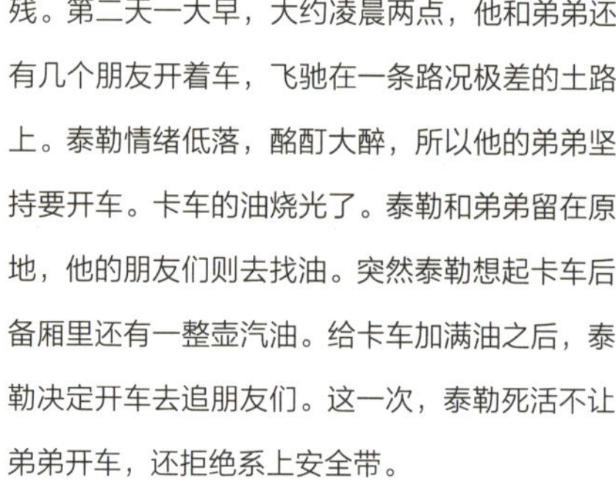第二天一大早，大约凌晨两点，他和弟弟还有几个朋友开着车，飞驰在一条路况极差的土路上。泰勒情绪低落，酩酊大醉，所以他的弟弟坚持要开车。卡车的油烧光了。泰勒和弟弟留在原地，他的朋友们则去找油。突然泰勒想起卡车后备厢里还有一整壶汽油。给卡车加满油之后，泰勒决定开车去追朋友们。这一次，泰勒死活不让弟弟开车，还拒绝系上安全带。

卡车停止翻滚之后，泰勒的弟弟才意识到自己的眼镜碎了。他伸出手去摸了摸哥哥泰勒的位置——空了。泰勒的弟弟在土路上爬着，爬过了岩石，大声呼喊着，但是，当他找到哥哥泰勒的时候，他知道自己已经无能为力了。

这是泰勒的母亲制作的一个小纪念品。故事讲完了，现在我也不需要它了。

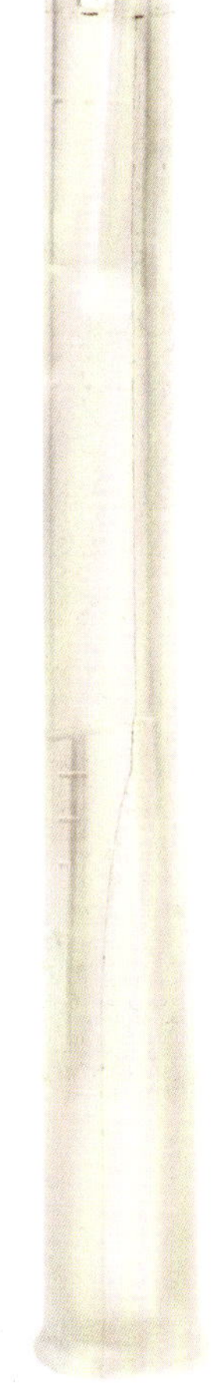

Breathalyzer tube

酒精测试管

时间不详 | 英国，伦敦

那晚去布赖顿玩，可谓霉运连连。霉运之一，我被开罚单了。霉运之二，玻璃碴儿飞进了他的眼睛，我们在布赖顿眼科医院待了好几个小时。霉运之三，第二天早晨我撞了车，警察让我吹气测试。

多亏玻璃碴儿飞进了他的眼睛，否则那天晚上我们继续喝下去的话，我一定会喝过量，一定会被吊销驾照。

在这个霉运连连的夜晚之前，我们只算是旧相识，但此后我们的关系更进了一步。所以，尽管运气不佳，但是回头看来，那也成为我们度过的最愉快的一个夜晚。这根酒精测试管我一直保留到了现在。

Set of acupuncture pens

一套针灸笔

2007 年至 2009 年 | 美国，宾夕法尼亚州，匹兹堡

我们在一起两年，在那两年间我常常生病。她对东方医学深信不疑，所以她给我熬制了特别的汤药、茶和草药。她还专门为我订购了这套针灸笔，但我从来没用过。我们分手后，我的健康状况立刻好转。现在我很少生病了。

Wedding favor

婚礼回礼

1979 年至 2015 年 | 美国，马萨诸塞州，波士顿

我身上的每一个细胞都爱着他。我们是在朋友的婚礼上认识的。他是伴郎，我是伴娘。六个月之后，我们在波士顿同居了，又过了三个月，我们订婚了。我们是在 1980 年 10 月完婚的。当时我们的事业刚起步，手头也没什么钱，但是我们还是想方设法在波士顿郊外买了一栋二楼还没完工的小房子。我们自己建完了房子，之后不久我们有了第一个宝贝儿子。后来，我们又搬到了一栋大一点儿的房子里。我们又有了一个女儿。二十五年一眨眼的工夫就过去了。孩子们长大了，上了大学。他是一个好爸爸。我们的假期不是在国家公园，就是在迪士尼，或是在沙滩上度过的。那是我们最美好的时光。

但是，接着，生活之光渐渐暗淡。他不再想和我亲热。他和弟弟待在一起的时间越来越多，和我一起度过的时间则越来越少。更糟糕的是，两年前，我患了乳腺癌，但是他却觉得那就像普通感冒一样，我是反应过度了。第一次手术后的第二天，他把我一个人扔在沙发上，自己却不管不顾地和朋友玩枪去了。临走前他还甩下了一句话：“好了，你现在没有癌症了。”他拒绝让我接受化疗，还说我像在演戏，大惊小怪的。治疗结束后，他再也没有问过我的病情。我发誓一定要好起来，要让生活继续下去。

他越来越喜爱枪支，这成了压垮一切的最后一根稻草。当他大言不惭地告诉离婚律师说枪支比我更重要时，我真真切切地听到了自己心碎的声音。他还特地说了两遍，连律师都不敢相信他居然会说出这样的话来。他这么说其实并不是想伤害我，他只是实话实说而已。我哭了整整三天。

我不知道他为什么会变成那个样子，是因为得了什么精神疾病还是长期服用某种药物的结果。我不敢相信我 1980 年嫁的是这样一个人。我更愿意相信那是另外的人。我知道，未来的日子我是不会和 2015 年的他一路同行的。

我在一个旧珠宝盒里找到了这个回礼。它让我想起了婚礼当天我是多么快乐，让我想起这么长时间以来，我是多么爱他。我希望 1980 年的他和那种爱会回到我的身边，但是那一切永远都回不来了。

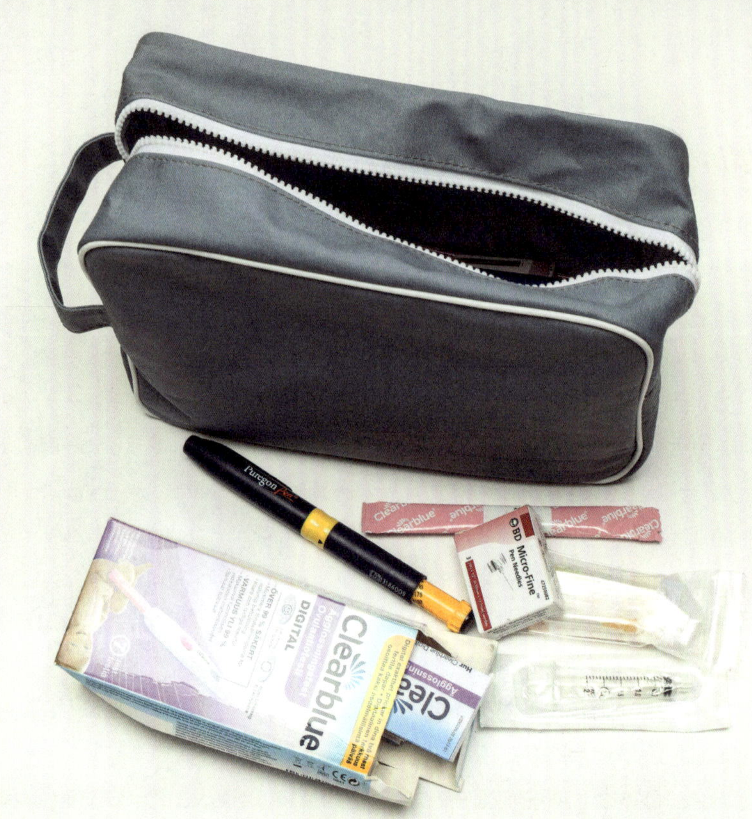

IVF equipment and accompanying bag

试管受精仪及包装袋

九年 | 芬兰，赫尔辛基

在我们接受不孕不育治疗期间，我的丈夫遇到了另一个女人。在我注射荷尔蒙并期待怀上宝宝时，他却开始了一段新的恋情，和另一个女人规划起未来。在胚胎移植的第二天他离开了我。那次治疗最后只剩下这个仪器和六个冰冻的胚胎。那段婚姻留给我的除了这些东西，别无他物。

Crossword puzzle

填字游戏

2006 年 7 月至 2008 年 10 月 | 美国，加利福尼亚州，旧金山

凯特和我过去经常在周末一起玩《纽约时报》上的填字游戏。那是我第一次接触这种填字游戏，在我们分手之后很长一段时间，我还一直保留着这个爱好。我们一般只玩到一半就不玩了，然后就会根据提示胡乱编一些荒诞可笑的答案。在我们恋爱的第一年，她制作了这个填字游戏，送给我作为生日礼物。回首往事，点点滴滴历历在目，她真的给我带来了很多快乐，但是她也确实说过一些伤人的话，最终导致了我们的分手（见横排 8[1]）。

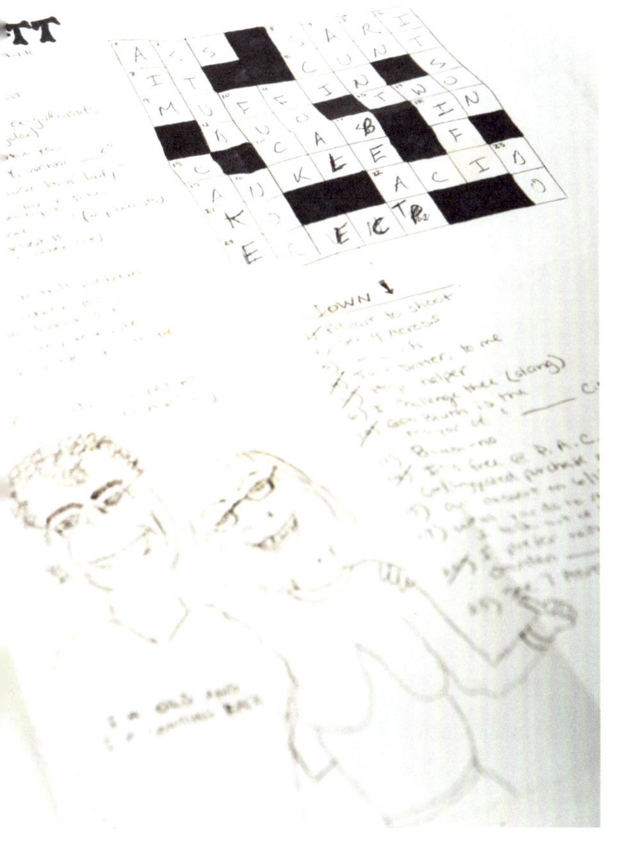

1. Cunt，意即娼妇。——译者注

Origami flowers in a flowerpot

瓶中的折纸花

2012 年 1 月 12 日至 2014 年 3 月 3 日 | 美国，佛罗里达州，杰克逊维尔

当时我正在和一个情感无能的警察谈恋爱。对于任何一种有形的礼物，他总是嗤之以鼻，逢年过节他更是避之不及。但是 2014 年的情人节，他下班回家的时候已经是早上 7 点钟了，他把我叫了起来，把这些花送给了我。花是他亲手折的。我哭了，那是他做过的最特别的事情。

我看着这些纸花，心都碎了，因为我知道我们永远都不可能在一起。但是，哪怕是在我出国工作期间，我也舍不得把这些花扔了。我总是会把它们装进我的行囊之中。

Chaplet

念珠

1991 年至 1994 年 | 匈牙利，布达佩斯

这串念珠最后终于找到了一个新家。

20 世纪 80 年代，当时我正在上高中，我有一个恋人名叫埃丝特。她是一个有宗教信仰的人。有一天，她把念珠落在了我的桌子上。我俩谁都没有注意到这一点。几天之后，我们遭遇了一场车祸。她死了，而我活了下来。那场悲剧发生之后，我回到家中时猛然发现这串念珠居然就放在我的桌上！许多年来，我一直痛苦不堪，也经常焦虑不安。我一直想不通为什么会发生那场车祸，为此，我常常自责不已。

两年后，我加入了对我有救命之恩的消防队。我成了一名消防队队员，每天都在拯救生命。

虽然当天开车的并不是我，但是此后我一直都不想开车。十四年后，生活却说服了我，因为工作的缘故，我必须学会开车。我把这串念珠挂在了后视镜上，希望它保佑我一路平安。

我现在的女朋友克里斯陶有一天问我，为什么车里会有串念珠，因为我并不是一个信教的人。一开始，我没办法把这个故事告诉她，也没办法把这个故事告诉任何一个人。但是那种压力、那种压抑感让我的内心备受折磨，后来我实在无法承受，只好求助于他人。经过治疗，我终于克服了愧疚感。从此之后，我就像换了一个人似的，我可以把念珠的故事告诉克里斯陶了。

我封存了我的过去，现在我可以专注于我的未来了。十年后，我离开消防队，找了一份新的工作。现在，我准备离开家乡去往新的国家，寻找一种全新的生活。我卖掉了心爱的汽车。我想为这串念珠找一个与众不同的新家。去年，我们偶然走进了萨格勒布的这家博物馆。这串念珠可以安放于此，继续诉说它的故事了。

Prayer mat

祈祷垫

2009 年至 2011 年 | 荷兰，阿姆斯特丹

在从伊斯坦布尔飞往阿姆斯特丹的土耳其航空公司的航班上，F. 飞进了我的生活。他第一次来我家吃饭前，特意强调说自己没有任何忌口。那天晚上我们把他带来的那瓶葡萄酒全喝光了。第二天早上，我问他是否想祈祷，他奇怪地看了我一眼，没有回答。几个月之后，我出乎意料地发现他跪在屋角的祈祷垫上祈祷。之后，他的祈祷垫和拖鞋在我的起居室里找到了一个固定的位置。这是否意味着他对我的信任又提高了一个层次，还是说在面对我这样一个无神论者时，他需要通过宗教仪式让自己变得更为坚强呢？抑或是他希望通过这块金光闪闪的祈祷垫来强化在我生活中的地位？

他最后一次以“好朋友”的身份来访时，脱了鞋子，在惯常的位置寻找自己的拖鞋。“你把拖鞋扔了吗？”他问道。绝对没有。我把拖鞋和祈祷垫都收了起来，放进了阁楼的橱柜里。“很容易找的。”我说着，指了指头顶。他把拖鞋留在了那里，动都没有动过。

Toy motorcycle made of wood

木制玩具摩托车

2013年9月至12月 | 墨西哥，墨西哥城

我的前女友送了这辆摩托车给我。她讨厌我骑摩托车，甚至发誓永远都不坐我的摩托车。我们开始约会后不久，我就遭遇了一次车祸。我的腿摔断了，打上了石膏，得卧床休息。

有一天，她带着这辆玩具摩托车来找我。一开始，我觉得这是一件很好的礼物，不料她却说道："带这样东西给你看起来挺合适的，以你的能力只能照顾好这么小的东西。你也应该给自己找一个玩具女人，因为我强烈怀疑你能否对付得了像我这样的女人。"

我下定决心从今往后再也不要见到她，再也不想听她说话。此后，我们就再也没有说过话。

Blue jeans that had to be cut off my husband after a motorcycle accident

摩托车事故后从丈夫身上剪下的蓝色牛仔裤

1983 年至 2009 年 | 美国，爱达荷州，黑利

一个仲夏之夜，我的丈夫——我孩子的父亲——在骑摩托车的时候被一只麋鹿撞伤了。虽然他戴着头盔，但脑部仍然受到了重创。手术之后，他在康复医院躺了四个月。由于腿部肌肉萎缩，现在他只能坐轮椅了。他能说话，但意识与正常人大不相同。他穿越回了其生命中的不同时期，嘴里含混不清的尽是些莫名其妙的地名和人名。他仍然与我们同在，但是，我得学会面对一种支离破碎的关系，一种有来无往的关系。

Elbow-length white gloves

白色长手套

我的父亲依然健在 | 美国，爱达荷州，博伊西

我父亲希望我长大后成为窈窕淑女，但我永远也做不到。要赢得他的爱几乎是不可能的，但是我已尽力了。这副白色手套象征着我所做出的努力，他对我的期待和真实的我之间相差十万八千里。在一次上流社会的舞会上，父亲让我戴上这副手套，然后把我引见给了众人。这个仪式颇令人费解。但是在我的家乡，这种仪式仍然把位高权重者或有钱人和其他人区分了开来。虽然我的父亲很早以前就抛妻弃女了，但他还是固执地认为他就是我步入社会的引路人。所以我就戴上了这副手套，穿上了一条可笑的白色长裙。我行着屈膝礼，我的父亲就站在我身边。这是真正的“照骗”。后来我放弃了。我知道，无论我和父亲保持着一种什么关系，破碎的终究是破碎了。我不是那种穿着晚礼服、戴着白色长手套的淑女。但是，这么多年以来，我还是保留着这副手套。我不知道自己为什么还要这么做。我和父亲的关系已经破裂了。现在应该放手了，我要做回自己。

Japanese sword

日本刀

1999 年至 2001 年 | 加拿大，不列颠哥伦比亚省，温哥华

她是我的第一个真爱。我们凡事都会一起做，也会一起旅行。后来，我们的关系开始走下坡路了。在我生日那天，她没有给我买礼物，而是送了我一把日本刀。那是她在日本当老师的时候从日本带回来的。

关键在于她送给我的这把刀并不是一把武士刀，而是一把用于剖腹自尽的日本刀。我的生日过后不久，我们便分手了。我花了很长的时间才完全走出了她的阴影，放下了关于她的所有记忆。

Photograph

照片

2006 年 10 月 15 日至 2016 年 9 月 15 日 | 美国，科罗拉多州，丹佛

这是我 21 岁生日时她送给我的系列礼物之一，那是七八年前的事了。这张照片还有另一个版本，那是她的骄傲。她把那张照片放大了，用专业的底板印了出来，很像挂在画廊里的那种照片。在公寓背后的门廊里，我在烤火鸡的平底锅里铺上锡箔，把那张照片连同其他很多东西一起烧了。左邻右舍纷纷被惊动，想必是因为火苗蹿得太高了。

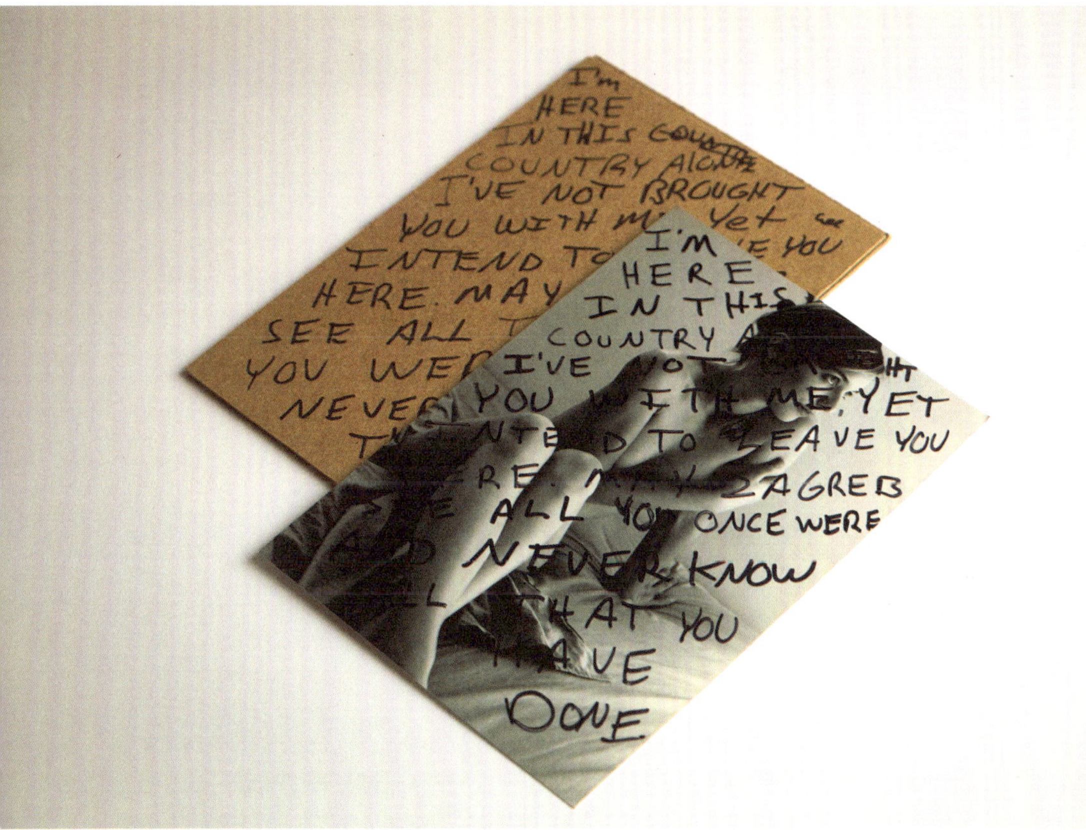

Melted phone

熔化的手机

2009 年至 2013 年 | 美国，马萨诸塞州，列克星敦

我是个房东，列克星敦的那个出租屋离我们家就几个街区的距离。租我房子的那对夫妇经常吵架，我只好给他们下了逐客令。后来他们应该是分手了，因为他们彼此积怨颇深。他们走后，我在打扫房间时发现烤箱里居然还有这么一个翻盖手机。我觉得肯定是一个人为了气另一个人，才把手机放进了烤箱。

Stuffed lobster

毛绒龙虾

三年零三个月丨波斯尼亚和黑塞哥维那，萨拉热窝

他是个中国人，长得很帅。我们是在美国留学时认识的。有一年夏天，我在萨拉热窝，他在新加坡，他寄了一只毛绒龙虾给我。他想我了。可龙虾和爱有什么关系呢？但是，我还是把它放到了床上。我是指龙虾。后来，我把那个送我龙虾的人也放到了床上。

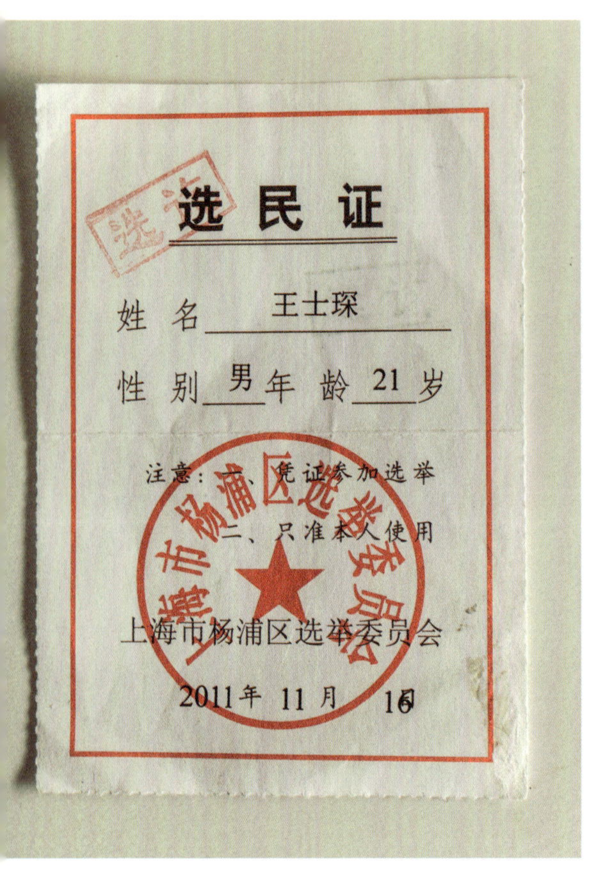

选民证

姓名 王士琛

性别 男 年龄 21 岁

注意：一、凭证参加选举

二、只准本人使用

上海市杨浦区选举委员会

2011年 11月 16日

Electoral certificate

选民证

2011 年 | 中国，上海

这是他的选民证。他把选民证交给我，委托我替他投票选举全国人大代表，因为投票期间他刚好要出国。我根本没想到那就是我们感情的终点。我一直把这张选民证放在我的钱包里，可能是我想留住彼此之间的美好回忆吧。从我决定离开他到现在已经三年了。我还是会想他，而且我真的很感激他教会我的一切。我希望他前程似锦，阖家幸福。

3 bridesmaid bouquets, letters from Afghanistan, and medals

三束伴娘捧花、来自阿富汗的信和勋章

2008 年至 2016 年 | 丹麦，霍恩拜克

战争与爱情。再强烈的爱情也经不起战争的摧残。盼星星盼月亮，终于把我的丈夫——孩子们的父亲盼回来了，但是他又离开了我们。

Wooden Rooster

木公鸡

十九年 | 墨西哥，墨西哥城

这只木公鸡是在一个墨西哥传统游戏中赢来的。这是爸爸送给我的礼物，他曾经伤透了我的心。

爸爸在我 9 岁的时候就和妈妈离婚了。我马上就要 15 岁的时候，有一天，我问爸爸为什么他从来都没有拥抱过我？爸爸说："我一直怀疑你是不是我亲生的女儿。"

爸爸喝醉了。

我的心碎了。这种话他怎么能说得出口呢？我和他长得一模一样：眼睛、嘴巴，还有眉毛！我在许多方面和他的品位完全一致，说话的方式也一模一样。我和他那么像，他居然还拒我于千里之外？

我再一次见到他的时候已经是几个月以后的事情了。他哭了，他一直问我，为什么我能够发现自己身上有那么多像他的地方，而他自己却看不到呢？我恨他。

我 19 岁的时候，他得了癌症。看到他病成那个样子真的是件让人很痛苦的事情。他原本是那么强壮的一个人。他死了，我从来没有那么撕心裂肺地哭过。我原谅了他，也试着去遗忘他带给我的兄弟和我的妈妈的那些悲伤而又不堪回首的过去。有时，我在想起他的时候仍然会恨他，有时又会觉得很爱他，但是现在大多是爱。

今天我已经 26 岁了。我看到这只木公鸡的时候，只会想起他的慷慨大方。他总是一个劲儿地给我买衣服和玩具，尽管我不喜欢，但是这并不能阻止他送我礼物。这或许是他知道的表达爱的唯一方式吧。我一直希望他能给我一个大大的、温暖的拥抱，或许买礼物就是他拥抱我的方式。

Bottle in the sea

海中的瓶子

三十九年 | 比利时，布鲁塞尔

整整四十年的时间，我和这个瓶子难舍难分。

那时我和爸爸、妈妈住在海边，我在沙滩上捡到了这个瓶子，但是瓶子里没有任何信息。不过，那天晚些时候，信息不期而至。

那天下午，为了给这个宝藏增添一些个性化的色彩，我开始往瓶子上涂颜料。我在爸爸隔壁的书房里，尽管开着音乐，但是我还是隐约听到了爸爸在电话里说的话。爸爸的声调变了，他挂了电话之后，我可以感觉得出来他很焦虑。妈妈在工作室里画画。爸爸过去找妈妈，把电话里谈的事情一五一十地告诉了她。当时我只有 5 岁，能听懂的东西并不多，我只知道妈妈听完后哭了起来。我躲到了一把扶手椅背后。我听到他们说："我们该怎么向她解释她是我们领养的呢？她是我们的女儿，是我的女儿。"

如今，我的爸爸妈妈已经不在了，但是我没有一天不想念他们。我思念他们。我是一个快乐而知足的孩子。作为对他们的献礼，我要把这个瓶子、我的瓶子、瓶子的历史以及我的历史统统托付给你们。

Child's wartime love letter

少年的战时情书

1992 年 5 月（三天）丨波斯尼亚和黑塞哥维那，萨拉热窝

我们坐着一辆大卡车，准备冒着枪林弹雨逃离萨拉热窝，但在出城的时候，我们被当作人质，关押了三天。几天前，我才刚满 13 岁。

在我们边上有一辆小轿车，车里有一个女孩儿，名叫埃尔玛。和她在一起的还有她的妈妈以及另外一些人，我记不清了。我只记得她是一个金发女孩，特别可爱。我带着孩童般的真诚坠入了爱河，也带着同样的真诚在这封信里表达了对她的爱慕之情。我借了几盘磁带给她，因为大家都走得匆忙，所以她忘记带上自己的磁带了。我没来得及把这封信交给她，因为三天后，我们突然被放出来了。我们在特拉夫尼克附近就看不到埃尔玛的小轿车了，她也就没来得及把阿兹拉、比耶洛·杜格米、EKV、涅槃等其他磁带还给我。

我自然就再也没有见过她了。现在，我只希望那些音乐能够让她想起在险恶的环境中仍不失美好的东西。

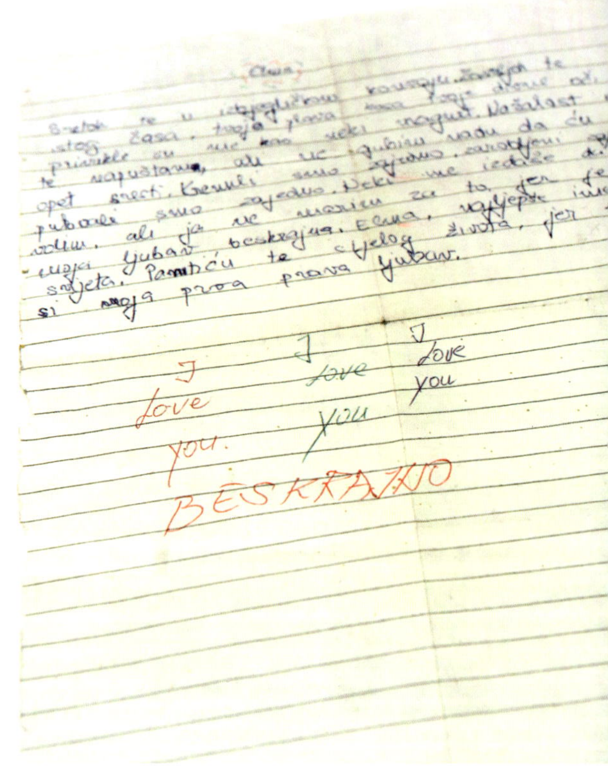
I love you.
I love you
I love you
BESKRAJNO

Something to give away to end the story

送出一样东西，结束一段故事

2014 年 | 索马里，加尔巴哈雷

我弟弟是一名司机。有一天，他开着一辆满载着乘客的巴士，其中 位乘客是记者，这名记者拍了一些照片并发表了一篇报道。事后，当局查到了当天开车的司机的身份。所以我弟弟一回到城里他们就结束了他的生命。

他们说我们家的人是间谍，不得已，我只好逃离了祖国。

那天我弟弟给我打了一个电话，说回家的时候有事要告诉我。但是，他再也没有回到家里。

我真希望我们还能像以前那样谈笑风生。

我觉得自己好像被困在了一个盒子里，盒子锁上了，爬不出来。我得送出一样东西，和这段故事说“再见”了。

Amulet

护身符

八至十个月 | 丹麦，布隆德比

我万万没想到，我生日时她居然会送我这样一把小斧头。小斧头显然是 8 世纪的古董。我觉得这种古董只有在博物馆里才见得到，就因为她知道我喜欢古挪威文化的象征物，她竟然从私人收藏家那里弄到了这样一个稀世珍品。

后来，我在斧头上系了一根绳子，把它做成了一个护身符。这个护身符总能让我想起她，与此同时，我觉得它有一种神奇的魔力。有一回，我还以为护身符丢了，吓得半死，还好它又出现了。

后来我俩的缘分走到了尽头，我们最后一次在脸书上互发了信息之后，我决定举行一个仪式，趁着夜色把斧头埋在树林里。在那场仪式中，我还献出了鲜血，并为此留下了一道伤疤。

几个月之后，我走在树林里的时候，又经过了埋斧头的地方。我想都没想，就把斧头挖了出来。

我希望把它放在某个我再也够不着的地方，因为在我脆弱的时候，我很可能会后悔现在弃它而去。

X-Files pin

《X 档案》别针

2015 年 6 月至 2016 年 1 月 | 美国，加利福尼亚州，旧金山

这是我前男友送给我的新年礼物。“我愿意相信”那是一段真挚的感情。

我愿意相信

Lottery tickets

彩票

六十三年 | 西班牙，萨拉戈萨

我们四个是好朋友，六十多年来都是最好的朋友。我们有什么都会一起分享，有什么事都会一块做：一起庆祝生日，一起买礼物，每天给对方打电话，生病时互相看望。

但是，有一天，我发现他们瞒着我做了一件事：买彩票。西班牙有一个传统，圣诞节的时候，人们会和自己的朋友或家人合买一张特码彩票。我是怎么发现的呢？因为他们中了大奖。我非常伤心也非常失望，所以发现这件事之后我就病倒了。我质问他们为什么不告诉我，他们无言以对，只好一个劲儿地找借口。最糟糕的是，他们从此再也没有给我打过电话。别人对我说，或许是因为他们觉得羞愧难当吧。也许吧。他们当中只有一个人又联系了我，真诚地向我道了歉，又回到了我的生活里。但是另外两个……他们赢得了彩票，但是失去了一个真心朋友。年轻的时候，失去朋友是痛苦的；年老了，没有几年活头的时候失去朋友，则更加痛苦。

This Diary Will Change Your Life, 2005 (with stapled keepsakes)

这本日记将改变你的一生，2005（另附装订好的纪念品）

2005 年 1 月至 7 月（六个月），此后又断断续续持续了七年 | 英国，布赖顿

他 21 岁，我 18 岁，我们俨然就是搞笑版的罗密欧与朱丽叶。当时他就像罗伯特·史密斯一样，梳着一个大背头，而我比现在要瘦，穿着短裙，高帮袜子。他仿佛突然从天而降，来到了我的生活之中。他为一个来自贫民窟的女孩儿打开了一条条通往艺术与电影的康庄大道，其中最珍贵的就是爱的冒险。他从来没有撒谎隐瞒过自己的女朋友，但是他隐瞒了对她的感情。年轻懵懂的我相信了他。我寄给你们的这个日记本算是负有一定的责任。那里面收藏了每一张火车票、每一场现场演出的门票，以及我认为在过去的那六个月中值得纪念的所有永久的印记。我们仿佛是“炮友”，但似乎又远不止如此。在我们分手六个月后，我和我的新男朋友在电影院里碰巧遇见了他，此后我们又断断续续地保持着联系。

我之所以把这个日记本寄给你们，是因为在被他玩弄了七年之后，我再也不会被他的声音迷惑了。爱就要爱到极致，而不是退而求其次。这是一个充满希望的开端，而不是悲惨的尾声。

Plastic Godzilla adorned with beaded necklaces

挂着串珠项链的塑料哥斯拉

1990 年至 1992 年 | 墨西哥，墨西哥城

这个哥斯拉我珍藏了二十多年。那是一个想和我同居的女朋友送给我的礼物。但是，我搬进公寓后这段感情突然就结束了。

有一天，我告诉她，我喜欢哥斯拉电影，就是小时候在电视上看到的那种哥斯拉电影。分手时我们闹得很僵。分手后，我用这个哥斯拉来悬挂其他女朋友送给我的礼物，如项链和耳环等。

哥斯拉锐利的目光从书架顶端投射下来，注视着我的公寓里来来往往的人。在经过了这些年之后，我觉得哥斯拉也该走自己的路了。

Picture painted in acrylic

丙烯画

2012 年 7 月 29 日至 2013 年 12 月 16 日 | 墨西哥，库埃纳瓦卡

我想捐出来的这一小幅画名为《微型多发性乳头状瘤病毒》(*Micropapillomatosis*)，这只是前任送给我的众多礼物中小小的一件而已，同时它也代表着我对妇科医生的谢意。我不能把这种病毒捐给你们，因为那意味着我得把整个私处扯下来，所以我就把画里的它送给你们了。

Pencivir herpes cream

喷昔洛韦疱疹膏

七年半 | 德国，科隆

我是在一个狂欢星期六遇见乔治的。在人群之中，他突然出现在我的眼前，穿着一件自制的超人制服。我问他，这副行头是不是他内心的真实反映，他告诉我："你可以试试啊。"

我们真的试了。试了七年半。最后，他意识到我永远都不会是他喜欢的那种类型。我们差不多谈了三年恋爱之后，我因为他感染了口腔疱疹。每次一出疱疹，我们总是会哈哈大笑。

分手之后，有一天晚上，我们和一群人站着，我忍不住指了指嘴唇上的疱疹，当着众人的面对他说："我只保留了你这么一样东西。"其实我心里真正的想法是，"这是你留给的我唯一一样东西。"每一年，包括最近的一次狂欢星期六，一长疱疹，我就会用到这种疱疹膏，涂疱疹膏的时候就会想到乔治，而一想到他我就会摸着嘴唇，怅然若失。

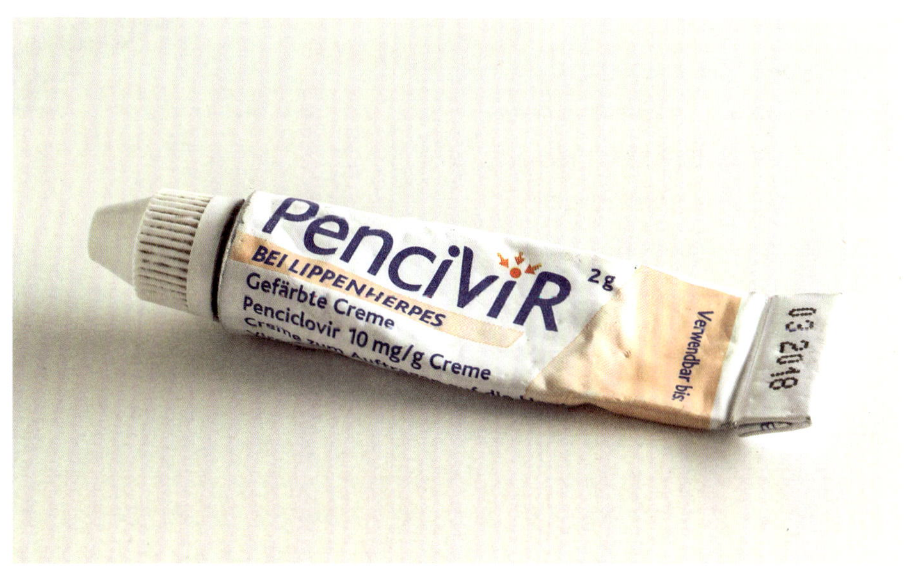

Tibial screw, implanted and removed surgically

胫骨螺丝，通过外科手术植入、取出

2015 年 3 月至 5 月 | 美国，纽约州，纽约市

我们的关系感觉像是老天注定的。我们最好的朋友是一对恋人，但是我们却一次又一次地擦肩而过，或是时机不对，或是纯属巧合，我们始终没能见上面，直到有一天，他们恋情不再的时候我们却见面了。一见面，我们便闪电般地双双坠入爱河。

我们在一起没多久，我就被告知要去纽约动一个手术，需要卧床三周，另外还得拄五周拐杖。

我主动提出了分手。我知道，刚谈恋爱不久就要让他背上这么沉重的包袱太过分了，但是他坚持说这恰恰是他可以大放异彩的时候。他给我煮饭，还亲自从自己最爱的电影里挑出我可能会喜欢的电影，给我买花，在我被麻醉之后神志不清的时候紧紧抱着我。我不知道他为什么会那么动情，那么有自信，但是他真的就是这样。

他一次次地向我承诺，麻药退掉之后，我醒来的时候他依旧会在那里。

Mattress springs

弹簧床垫

十九年 | 克罗地亚，萨格勒布

十九年后，有一天，他就这么走了。

他说，这是他这一辈子第一次恋爱。

他告诉孩子们他们什么都不会缺。

他仍然是他们的爸爸。

他离开的时候，冷若冰霜。

接下来的一个小时，我把我们的卧室拆了，

给了一个孩子，另一个孩子住之前他们共住的房间。

有了自己的房间，孩子们都很高兴，

他们叫喊着：这是我们这一辈子最幸福的一天！

那一刻的荒诞真的无以言表：

最悲伤的一天反倒成了最美好的一天。

后来，我用剪刀和老虎钳，

把我和他同床共枕的弹簧床垫拆成了两半。

别人都说我做不到，但我还是做到了。

我给自己做了一张单人弹簧床垫。

他的那一半被扔进了地下室，

和所有冰冷的铁骨架一样。

我还睡在属于我的那一半上。

四年了。你们看，我还是做得到的。

"Dark Vador" figurine

“黑暗尊主维德”小塑像

2007年8月至2013年2月 | 比利时，蒙斯

这是我们最后一次共度圣诞节的时候我送给他的礼物。过了不到一个月，我们就分居了。其间，这个小礼物就落在了盒子堆里，最后和我的东西混在了一起。既是不小心，也是因为不上心。

和无聊且千篇一律的黑暗力量说“再见”。和后悔说“再见”。和悔恨说“再见”。我已经下定决心不再追随你的脚步。

“如果不抗争，那你只能听天由命了。”（达斯·维德，《星球大战6：绝地大反击》）

Violin rosin

小提琴松香

2013 年 | 美国，密苏里州，沃伦斯堡

所有人在高中时代都谈过恋爱，对吗？

我们是通过一个共同的朋友认识的，认识后的第一个小时谈的都是鸟儿。我很惊讶她居然懂那么多，而且哪怕只是闲聊，她也能聊得神采飞扬。我一头栽了进去。虽然我们在一起只有短短十个月，但是，迄今为止，这段恋情对我一生的影响是最大的。我希望能和她有相同的兴趣爱好，这样我们才会更聊得来。在探讨了数不胜数的动物类书籍（从老鼠到蛇，无所不谈），在看过电影、读过书之后，我又找到了一个全新的、完全和动物无关的共同兴趣点。

她是高中交响乐团的首席小提琴手。为了她，纵有千辛万苦，我也要勇往直前。我也确实做到了。上高三的时候，我生平第一次拿起了乐器，一直练到指尖发麻，无法忍受为止。我只练了几个月的小提琴就加入了交响乐团。虽然是末席小提琴手，但好歹算是进了交响乐团，离我心爱的女孩儿只有几步之遥。她很美，和她演奏的乐章一样美妙。

我以为我胜券在握。但是有一天，她把我叫到了学校图书馆，告诉我"我们分手吧"。那不啻于晴天霹雳。我没有反驳，因为我真心觉得她是在跟我开玩笑。最后，她告诉我，在我们刚刚开始谈恋爱几周后，她就不爱我了。但是，她担心我会寻短见，所以暂时没有告诉我。真是荒唐诱顶！之后不久，我就转校了，高四[1]那年是在另一所中学度过的。我买了一把小提琴，但是一直都拉不好。所以最后那把小提琴也送人了。

不久前，我找到了这块松香。我想它再也派不上什么用场了。

1. 美国高中为四年制。——译者注

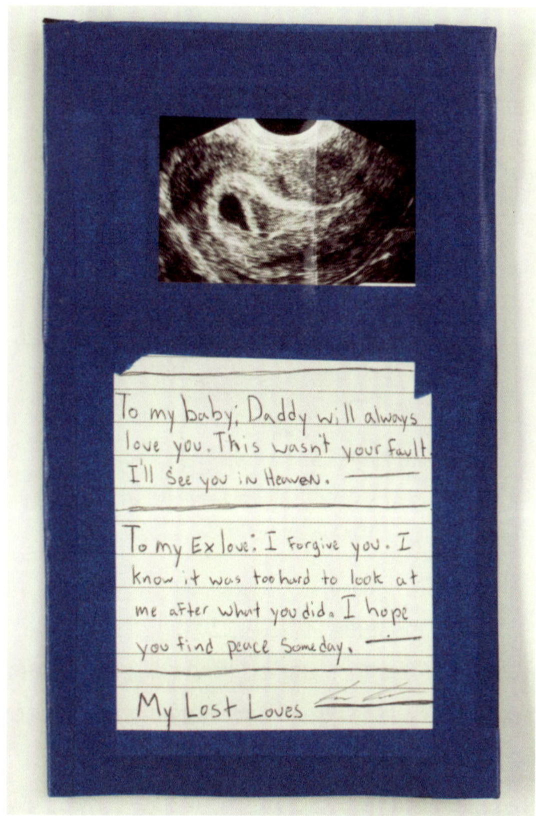

致我的孩子：爸爸永远爱你。这不是你的错。我们天堂再见。

致我曾经的爱：我原谅你了。我知道你做了那件事之后，再也无法坦然面对我了。我希望有朝一日，你能找到内心的安宁。

我失去的爱

Ultrasound photo

B超底片

2015年5月至9月 | 美国，爱达荷州，博伊西

一场旋风式的爱情，因为一个在内疚中作出的决定彻底毁了。

Box for 50 pistol cartridges with 37 left

可装五十发子弹的子弹盒，现余三十七发

1979 年 2 月 17 日至 2013 年 5 月 2 日 | 瑞士，巴塞尔

我打扫他的公寓时，在卧室里发现了这个子弹盒。警察没有发现这些子弹，他们只是把武器拿走了。那是一把常规手枪，1997 年买的，有持枪证。否则公寓里也不会剩下这么多私人物品了。他整理好了所有的一切，从物品中看不出他的心态如何。他的秘密隐藏了整整十六年。现在唯一剩下的只有关于这段关系的记忆了，这段关系始于我出生之日，然后在某个春日的早晨戛然而止。

Contact lenses

隐形眼镜

2012年至2015年 | 美国，俄亥俄州，奥伯林

我不断地收集着隐形眼镜，卷起来后放在床头柜上。

Ex-axe

前任的斧子

1995 年 | 德国，柏林

她是第一个搬进来和我同居的女人。几个月之后，我收到一份邀请函，请我去美国，但是她无法同行。在机场，我们挥泪道别。她说，没有我，她三周都活不下去。

我回来的时候，她说："我爱上别人了。我和她只认识了四天，但是我知道她能给我你无法给予的一切。"

我把她踢了出去，她很快就和新欢度假去了，而她的家具还放在我家里。我满腔的怒火无从发泄，最后我买了一把斧子。我需要发泄情绪，至少需要给她制造一点点失落感——而她在和我分手之后，显然没有一丁点儿的失落。

在她度假的十四天时间里，我一天都没闲着，每天都会把她的家具劈一片下来。我把劈下的木屑保留了下来，这就是我当时内心的写照。满屋子的木屑就像我那四分五裂的灵魂。木屑越多，我的感觉就越好。

两周后，她回来取家具。家具已经整整齐齐地垒成堆了。她拿上垃圾，永远地离开了我的公寓。所以，这把斧子升格为了我的一种疗伤工具。

Piece of artwork I made in response to what happened

事后我自己做的一件艺术品

难以确定——2007 年夏天 | 英国，彭林

回首过去，我发现其实事情早已经有了征兆，难怪当时有好几次我总觉得生活再也不可能回到从前了。遇见谢夫也是征兆之一——他教会了我爱情中美好的一切。我眼睁睁地看着疯狂一点点吞噬了他。他慢慢变得狂躁起来，随之而来的还有新的幻觉，他觉得自己无比伟大。就这么过了一个月的时间。清醒的时候越来越少，那种感觉就像是眼睁睁地看着死亡慢慢来临，长时间地忍受着痛苦的煎熬。他觉得死神已经步步逼近。“扎赫，我知道出事了，只是我还不知道出了什么事而已，但是无论发生了什么，请记住我爱你。”他说道。黑暗面的人格出现时，他的声音就会发生变化；声音一发生变化，他的疯狂程度就会加剧；疯狂程度一加剧，他就整夜整夜无法入睡。很快他就陷入了一种循环状态。他在德里一个劲儿地拈花惹草，只要有女人冲他笑，他就会色心大起。一时间，他就“闻名遐迩”了。他最珍贵的书籍以及我写给他的信都被撕破了，在这个不夜城里被撕得到处都是。它们被当成了献给死亡、破坏、再生之神湿婆的祭品。最后，三周之后，他终于清醒了过来，但他只剩下了一颗冰冷的、封闭的心，几乎没有心跳，靠锂电池维系生命。

科学问题

科学与进步

不会像我的心一样大声呼喊

告诉我你爱我

回到我身边，萦绕着我

噢，我又冲回到了原点

现在距谢夫跳下燃烧的床，与湿婆死神共舞已经有五年零一个月了。可以让我想起我们那段经历的东西已经所剩无几：一封信、一个马克杯、一个天真无邪的土著舞者的小画像、他的奶奶的披肩、几张照片、三只银手镯、萨尔曼·鲁西迪（Salman Rushdie）的《哈伦与故事海》、四张已经被泪水打湿的旧曲目表，边缘卷曲了，有的地方还粘在了一起。第二张曲目表是我在印度的最后一个晚上我们一起做的，那是 2007 年的 3 月 30 日，那也是我最后一次见到谢夫。我们称之为《一刻一秒》，又名《新婚》。做完曲目表后我们看了《美丽心灵的永恒阳光》（*Eternal Sunshine of the Spotless Mind*），然后睡着了，四肢无力地交错在一起。

接连几个月，不，接连几年，我都把这些歌曲作为一种引导，带我回到过去。只有这样我才能记住那段岁月，我真的担心自己会淡忘。今天，五年后的今天，我知道我永远都不会忘记。细节已经变得越来越模糊，在我身体的细胞里隐匿了起来，但是当我在半梦半醒之间进入那种梦境之后，谢夫就会来到我的身边。

endings beginnings

Almost-complete collection of Lone Wolf and Cub

几近完整的《带子雄狼》丛书

2004 年 12 月至 2015 年 12 月 | 美国，加利福尼亚州，里西达

年轻的爱在里西达萌生了，就像是汤姆·佩蒂在歌曲《自由落体》(*Free Fallin*)中唱的那样。他和我大不相同，人长得也很帅。我们在一起十一年，包括六年的婚姻生活。但是，战争还是打败了爱情，战争创伤后压迫紊乱症在不合时宜的时候偏偏抬起了头，让人难以忍受，又措手不及。在我们遇见之前，他就已经有这套书了。我们开始谈恋爱后，我也开始看这套书。他离开的时候并没有带走这些书。他说我可以留着，也可以送人。我知道这套书最后的结局是什么。有时，故事没有结局也挺好的。

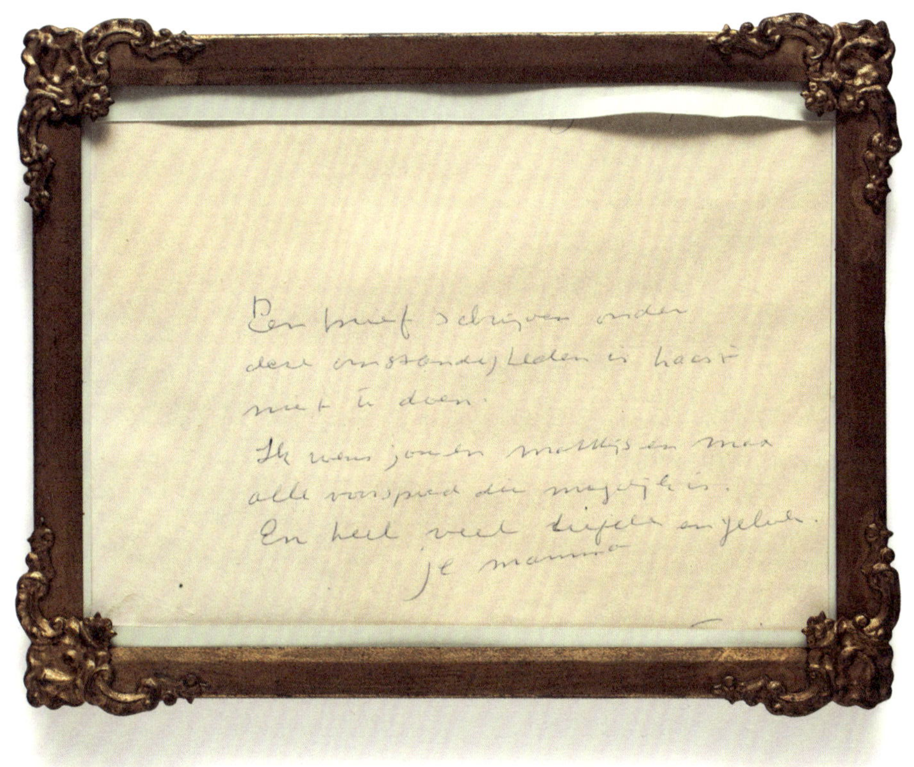

Een brief schrijven onder
deze omstandigheden is haast
niet te doen.
Ik wens jou en Mattijs en Max
alle voorspoed die mogelijk is.
En heel veel liefde en geluk.
je mamma

My mother's suicide note

母亲的绝笔遗书

1995 年至 2007 年 | 荷兰，阿姆斯特丹

最亲爱的 H.：

在这种情况下写信

几乎是不可能的。

我希望你、M. 和 M. 都生活富足。

爱意浓浓，快乐无限。

你的妈妈

Crochet doily

钩针编织桌垫

2015 年 | 叙利亚，拉塔基亚

这是我结婚时母亲为我做的。她的手指关节不太好，眼睛也有问题。

她一共做了七个桌垫，六小一大。我离开叙利亚的时候，把这些桌垫都带上了。这就仿佛有了母亲的陪伴一样。现在我把我和母亲的一部分捐给了你们。我为母亲自豪，为她把我们抚养成人而自豪。

Peter Pan plush toy

彼得·潘毛绒公仔

1991 年至今 | 美国，加利福尼亚州，伍德兰希尔斯

25 岁生日时我买了一个小毛绒公仔，希望它能时时提醒我要永葆鲜活的童心。从那天起，它一直坐在我的电脑上方，时时为我提供灵感。唉，现在我马上就 50 岁了，我已经失去了童心，伟大的梦想早已付之东流，想象力躺在不远处的烂尾楼中一个尘土飞扬的角落里，而抱负早就被秋风吹走了。但是，不能光是嘴上说说，我觉得应该给这个小公仔配个文字说明——“我已经长大”。足矣！现在这个公仔看起来好像更雅致了。

Red plastic chain

红色塑料链子

十四个月 | 瑞士，巴塞尔

这是一条红色的塑料链子。我孙子特别喜欢。

我爱他，他也爱我——我们深爱着彼此。我只要一戴上这条链子，他就会玩个不停。有一回他拉得太猛，把扣环拉坏了，链子也散了。我孙子才十四个月大，他死得很惨。

我不想说我的心“碎了”。我的心被抽掉了一片，碾得粉碎。

Pair of handcuffs

一副手铐

2011 年至 2015 年 | 加拿大，艾伯塔省，埃德蒙顿

性爱游戏充满了乐趣，但从你的镣铐中解脱出来，更让我欢喜。

Rubber shoes

橡胶底运动鞋

时间不详 | 菲律宾，马尼拉

据说，圣诞节一定不能送别人鞋子，因为一穿上鞋子，他们就会离你而去。

2004 年圣诞节过后几个月，我们就分手了。

迷信？我不迷信。我直接走了。今天我还在走，但是没有了那双鞋。

Burnt piece of wood

炭块

1993年至2000年丨比利时，瓦特尔马尔－布瓦福尔

当她移情别恋，投入另一个人的怀抱时，我伤心欲绝，渐渐陷入了深深的抑郁之中。最后，我差点儿死于抑郁症，我的朋友们觉得再也不能这么对我听之任之了。他们把每一样可能触及我对她思念的东西——床、床垫、枕头、书，任何一条可能带着她的气息的毛巾，她所有的私人物品，甚至她的照片——都扔了出去，点了一把火。火焰燃起的时候，我吐了。

我花了几年的时间才缓过劲儿来，恢复了一些理智。我测算了一下，烧那些东西大概产生了两吨二氧化碳当量的排放量，所以我就资助一个年轻人在非洲的运动场周围植树，由此获得了两张二氧化碳当量证书，算是和之前的事相互抵消了。这么一想我就开心了，所有坏事（包括有害气体）都变成了好事。现在，年轻人运动之后可以在树荫下乘乘凉，交交朋友，谈谈恋爱，何乐而不为?

Love letter on shattered glass

碎玻璃上的情书

时间不详 | 美国，加利福尼亚州，旧金山

这是十年前我写给此生挚爱（迄今为止）的一封情书，但此后不久，我们的缘分就尽了。当时，我们身处两个不同的国家。在谈情说爱方面，我更擅长写信，不太擅长打电话，更何况当时国际长途很贵。我发了一封电子邮件问他我应该把信寄到哪个地址。当时，对于恋爱中的我们来说，电子邮件算是一种相当新颖的沟通方式了。他回了一封电子邮件，说要和我分手。我觉得他这么做真的很差劲。

最后我删除了他的电子邮件，但是把自己写的信保存了下来，因为那也算得上是一种文物了——那可是一封真正手写的信。刚好我有一块旧镜子要处理，所以我就把这封情书粘在了镜子上，接着把镜子砸碎了。我觉得这算是一种宣泄情绪的仪式，看起来也会很酷。我用 X-ACTO 美工刀把玻璃毛边都整平了，现在它就像是某种灭绝物种的标本一样被保存了起来。

Promise ring

誓盟戒

2006年至2009年 | 美国，肯塔基州，派恩维尔

我们当时还是孩子，我们还不懂得兑现承诺。

Handmade clay fox

手工陶狐狸

2011 年 11 月至 2013 年 7 月 | 美国，马里兰州，巴尔的摩

我家住在巴尔的摩郊外。我们第一次接吻的那天晚上，他离开我家时看到了一只狐狸。于是，狐狸就成了我们爱情的象征：神秘、奇妙、性感。在我们居住的附近，狐狸可能算是挺常见的动物。随着我们感情的升温，我们经常会看见狐狸，当我们在深夜离开对方的公寓时，会看到一只狐狸像一道红色的闪电似的消失在路边的灌木丛中。在趾高气扬地走开之前，它甚至会向我们投来咄咄逼人的一瞥。

我不记得他是什么时候做这个东西给我的，我们都给对方做过很多小小的爱情信物。陶狐狸身上还有几个残缺不全的指纹，那是他用手给狐狸塑形时留下的。这只陶狐狸轻若无物，我常常拿在手里玩，在指间来回旋转。

Dog-collar light

狗项圈灯

十三年 | 德国，柏林

我们结婚十三年以来，一直在异国他乡生活。我们之间的友情多于爱情。真是悲惨啊！

和她说分手或许是我这辈子做过的最难的事儿了。不过，那已经过去了。她回到了她的祖国，回到了家人身边，和他们一起生活。她带走了我们的小狗，我觉得她比我更需要这只小狗。她给我寄来了一个包裹，里面尽是些小东西，但是每一样东西都让我心碎神伤，每一样东西都表达了她想好好照顾我的愿望，但事实上她吃的苦比我要多得多。

两年来，这盏小红灯一直搁在我的洗漱袋里。无论我走到哪儿，它都会跟到哪儿。每次看到这盏小红灯，我都会心如刀割。那是她给我们的小狗买的狗项圈灯，因为在漆黑的冬夜里，狗儿经常会迷路。有了这盏小灯，我们很容易就能把它找回来。

前妻在我们分手一年多后自杀了。独自在酒店里。在一个陌生的城镇。我仍然活着，但是……

附言：如果放在博物馆里，请把它挂起来，让灯光闪烁——那会让我想起心跳。电池是可以更换的。

Sweater of indecision

优柔寡断的毛衣

2007 年至 2010 年 | 美国，缅因州，波特兰

我们刚开始谈恋爱那会儿，他就要我给他织一件终极毛衣。我买了一些很漂亮的毛线。但是他的标准一变再变：海军领？算了。半开襟，麻花图案，灰色？——算了，改成炭灰色……在他还不确定自己想要什么样的毛衣之前，我是不敢轻易动工的。但是他一直举棋不定。

我们一起快乐地生活了三年。突然有一天，他抛弃了我，和他的一个学生私奔了。他的学生比我年轻整整 20 岁。我带着毛线搬出了这个家。在我的新居里，我的身边总少不了一杯葡萄酒。噢，我终于开始织这件他娘的毛衣了。

我知道这件毛衣肯定穿不了。我唯一的计划就是要把他的文身和各种样式的领口都织进毛衣里，其他部分全凭我高兴，我气冲冲地想怎么织就怎么织。我最好的朋友也会织毛衣。毛衣织好之后，她和我一起把毛衣挂了起来。我们发现，这件毛衣在细节上有很多象征意义，这些细节大多是我在织毛衣的过程中临时想出来的：从正面看，整件毛衣还行，但是从背面看，其中的奥秘便显露无遗了。他的心脏是在正确的位置吗？不是，他的心脏因为他变幻莫测的完美主义想法而错位了。右边的袖子比左边的长很多，因为右手是他的优势手，象征着他有强迫症和被动攻击人格障碍症，而这些人格障碍左右着我们的情感。

大约六个月前我把这件毛衣取了下来。还是我的那位朋友在网上找到了你们的博物馆，她一直怂恿我和您联系。

我不再需要这件毛衣了。我希望您能喜欢。

Wedding dress

婚纱

1995 年至 2003 年 | 克罗地亚，萨格勒布

如果我决定再婚，还能把它要回来吗？

致谢

一直以来，我们都想编这样一本书。这个想法恐怕和博物馆本身一样久远了。正是由于众人的热心奉献，如今博物馆才能以各种形式在全球各地蓬勃发展。我们之所以有这样的灵感，全都有赖于他们。

首先，我们要特别感谢我们亲爱的朋友内万卡科普里夫赛克（Nevenka Koprivšek）和赛莱娜·福斯特（Selene Foster）。在本博物馆初具雏形之时，她们就敏锐地感觉到这个博物馆大有可为。本博物馆展品第一次在克罗地亚以外的地方——卢布尔雅那和旧金山——重点展出的时候，她们就是幕后工作者。我们也要感谢阿姆斯特丹分馆馆长安娜玛丽·德·维尔特（Annemarie de Wildt）和“博物馆驻英国大使”劳拉·克里夫曼（Laura Kriefman）。本项目在推进的过程中有那么多精彩的、让人耳目一新的瞬间，全都有赖于她们的付出和热情。

我们要感谢约翰·B. 奎因（John B.Quinn），因为他的敏锐性和远见，我们才把心碎博物馆这一理念输送到了洛杉矶。那是本博物馆在美国的第一个永久前哨。我们还要感谢洛杉矶分馆馆长亚历克西斯·海德（Alexis Hyde），他为本书的内容做了大量协调工作。

我们要感谢芭芭拉·库尔默（Barbara Kulmer），感谢她同意让我们把博物馆安在萨格勒布最美的地方之一，让全世界的人们都可以看到这个博物馆。

本书的编辑米利森特·贝内特（Millicent Bennett）和我们可爱的经纪人凯瑟琳·福塞特（Katherine Fausset）、米歇尔·S. 沃特斯（Mitchell S.Waters），以及柯蒂斯·布朗公司（Curtis Brown）的蒂莫西·诺尔顿（Timothy Knowlton），他们知识丰富、甘于奉献、激情四射。很幸运能与他们合作。

丹尼尔·弗兰克尔（Daniel Frankl），谢谢你为我们牵线搭桥，谢谢你的友情，谢谢你担任我们的商业顾问。

我们还要特别感谢我们在萨格勒布博物馆的团队，他们为这个真正全球性的倡议奉献了自己的知识和精力。我们尤其要感谢我们的馆藏经理伊万娜德鲁热蒂奇（Ivana Družetic），本书的素材就是她精挑细选的。

当然，离开了我们家人的爱与支持，一切都是不可能的。我们的朋友和同事玛丽亚·丘里奇（Marija Curic）以及达娜·布迪萨夫列维奇（Dana Budisavljevic）始终站在我们家人的身边。

我们最感谢的莫过于那些珍藏着各种各样的记忆的人，虽然我们并不知晓你们的名字，但是本书字里行间处处可见你们过往的柔情蜜意。这本书属于你们。

本书作者奥林卡·维斯蒂卡（左）和德拉任·格鲁比希奇（右）

图片来源：心碎博物馆，Vladimira Spindler 拍摄

心碎博物馆

[克罗地亚] 奥林卡·维斯蒂卡（Olinka Vištica）
德拉任·格鲁比希奇（Dražen Grubišić） 著
王绍祥 译

图书在版编目（CIP）数据

心碎博物馆 /（克罗）奥林卡·维斯蒂卡 ，（克罗）德拉任·格鲁比希奇著；王绍祥译．– 北京：北京联合出版公司，2018.10（2019.2 重印）
ISBN 978-7-5596-2599-1

Ⅰ．①心… Ⅱ．①奥… ②德… ③王… Ⅲ．①故事—作品集—世界 Ⅳ．① I14

中国版本图书馆 CIP 数据核字（2018）第 216286 号

The Museum of Broken Relationships

by Olinka Vištica
Dražen Grubišić

北京市版权局著作权合同登记号 图字：01-2018-5297 号

选题策划　联合天际
责任编辑　龚　将　夏应鹏
特约编辑　徐立子
美术编辑　王颖会
封面设计　汐　和

出　　版　北京联合出版公司
北京市西城区德外大街 83 号楼 9 层　100088
发　　行　北京联合天畅文化传播公司
印　　刷　北京东方宝隆印刷有限公司
经　　销　新华书店
字　　数　120 千字
开　　本　710 毫米 × 960 毫米 1/16　14 印张
版　　次　2018 年 10 月第 1 版　2019 年 2 月第 2 次印刷
I S B N　978-7-5596-2599-1
定　　价　68.00 元

关注未读好书

未读 CLUB
会员服务平台

本书若有质量问题，请与本公司图书销售中心联系调换
电话：(010) 5243 5752　(010) 6424 3832